L'OPERAIO VENUTO DAL NORD

di **Marco Vannini**

Firenze, 31 Maggio 2021

Dedicato ai miei figli Francesca e Matteo.

RINGRAZIAMENTI

Grazie ad Anna Marta, Francesca, Franco, Gianna, Maria Paola e Sandra per le critiche e i suggerimenti, a Laura che mi ha convinto a migliorare la struttura del racconto e a terminarlo, nonostante che a metà me ne fossi disamorato, e a Sara che mi ha fornito lo spunto con cui iniziare.

Personaggi principali

Bruno Falteri
Brigitte Lecomte (Bri-Bri)
Il "Bocca", funzionario dell'Ufficio Politico della questura
Piero Peretti, l'operaio venuto dal nord
Duilio Torchi, missino ed ex repubblichino
Edoardo (Dado) Brizzolari, ex partigiano
Olinto, amico di Dado
Pio Carlone, collega di Faruk
Faruk, studente siriano dell'Accademia
Kōstas Koniordou, commerciante turco
Rossella, amica del Falteri, supplente di italiano
Michela Carocci, insegnante di lettere
Lorenzo Giugni, funzionario del PCI
Federica, moglie di Lorenzo

SOMMARIO

PREMESSA

Dato che scrivo soprattutto per parenti ed amici, questa volta devo fare una premessa. Non è che non ambirei scrivere per un pubblico più vasto, ma resta il fatto che mentre scrivo ho in mente delle persone precise: i miei figli, i miei allievi, i miei vecchi compagni di scuola e di vita, e perché no, di partito.

Disponendo anche di un consistente numero di nipoti che si avviano all'età in cui potrebbero essere incuriositi dalle cose da me scritte, ho fatto qualcosa che può sembrare insensato. Ho scritto un ennesimo giallo che si colloca accanto agli altri che hanno quasi sempre visto Bruno Falteri e Brigitte Lecomte come protagonisti, ma questa volta con qualcosa in più, ovvero con un numero decisamente eccessivo di note a piè di pagine, come se il mio racconto costituisse una specie di saggio.

È un'opera prevalentemente di fantasia, ma a differenza della maggior parte dei miei romanzi in cui la componente autobiografica traspare spesso solo in filigrana, questa volta l'aspetto autobiografico è dichiarato. Il futuro commissario si è appena laureato e conduce la sua prima indagine, nel 1973. Erano tempi lontani e diversi, tanto diversi che non ho resistito alla tentazione di spiegare, forse con troppi particolari, il ruolo di alcuni personaggi, il significato di certe sigle e di alcuni movimenti politici.

Un giallo che pretende di avere una superficiale valenza evocativa, pieno di ovvietà e di riferimenti banali, penseranno i miei coetanei. Certamente, ma il mio obbiettivo non era ricordar loro che la sigla PotOp sta per *Potere Operaio* bensì quello di raccontare qualcosa ai più giovani, a cui le note potrebbero rendere la lettura più scorrevole. Alla peggio potete sempre saltarle, giovani o vecchi che siate.

Firenze, 30 maggio, 2021

L'OPERAIO VENUTO DAL NORD

di **Marco Vannini**

CAPITOLO 1 – la marinatura del coq au vin

Firenze, 20 Gennaio 1973

L'uomo si girò stupefatto.

- Ma insomma, che vuoi da me?

L'unica risposta che poté udire fu un sordo latrato proveniente dalla canna di un'arma che gli premeva sotto lo sterno, avvolta in una sciarpa di lana scura e affondata nell'eskimo in cui l'uomo era infagottato. Cadde a terra, con gli occhi aperti, già morto.

Le spesse pareti dell'antico palazzo assorbirono parte del rumore ed il resto andò a mescolarsi con il rumore prodotto da una mezza rissa tra due giocatori di scala quaranta rintanati nel fumoso bar accanto all'arco di S. Piero, dalle note di Bandiera Rossa storpiate da un ubriaco che cantava seduto sotto l'arco e, in piazza, dal rumore di una Vespa 50 guidata da un giovane con i capelli lunghi e l'ottimismo su volto che, alternando frenate e brusche accelerazioni, manovrava attorno a due ragazze divertite dalla sua sfacciataggine.

Firenze, 10 Dicembre 2020, ore 17

Disperata, certo, come può esserlo il muso della luna o una maschera giapponese o una madonna primitiva o un attore di teatro affranto. Sul suo viso l'espressione aveva marchi cubisti, era un viso di guerra, una Guernica sofferente, almeno è così che mi ricordo Michela quando le dissi che Piero, il suo Piero, l'operaio venuto dal Nord, era morto, spiegava Rossella.

E probabilmente era vero, anche se i racconti di Rossella tendevano sempre a enfatizzare gli eventi pescando nella sua sterminata cultura letteraria e nel suo sangue leccese, pronta a drammatizzare il più irrilevante degli accadimenti, anche grazie al suo straordinario modo di pronunciare la erre e al suo accento frutto di un fantasioso incrocio di leccese e fiorentino, accento che me ne aveva fatto innamorare a metà anni '60 ma anche odiare perché dopo che sparii per un paio di giorni a causa del suo carattere insopportabile, quando tornai a bussare alla sua porta mi rivelò che la sera prima si era innamorata di un altro e ancora più la odiai quando dopo averle scritto una dozzina di lettere nei giorni successivi, ribussai alla sua porta per riprendermele, un gesto meschino, lo ammetto, ma erano troppo belle perché finissero nella spazzatura o sotto gli occhi di quel Michele, quello che due anni dopo, due anni di amore eterno, si fece beccare mentre con le chiappe all'aria si stava intrufolando nel corpo della Ioanna, la loro comune amica greca, che stando alle incomprensibili espressioni greche che le uscivano di bocca sembrava gradire molto, e che appena Rossella, per inciso la sua migliore amica, una volta smesso di osservare la scena in silenzio, ad alta voce, diciamo pure urlando come una matta, sbatté la porta e ordinò a tutti di levarsi dalle palle lasciando che Ioanna si rivestisse e sparisse mentre Michele fece notare a Rossella che era, sì, nudo e colpevole, ma non aveva nessuna intenzione di levarsi dalle palle in quanto quella casa era sua quanto di Rossella, anzi di nessun dei due, come confermarono Stefano, Susanna e Pepi, gli altri coinquilini dell'appartamento di via Repetti, che avevano cercato di bloccare la Rossella sulla porta e che ora non potevano fare altro che cercare di calmare lei e di apprezzare la discreta erezione dell'infame Michele, discreta perché resistente alla presenza degli osservatori, alla fuga precipitosa dalla traditrice che di tale erezione era stata causa, e soprattutto all'incazzatura e al disprezzo di Rossella.

Mentre Bruno finisce di seguire il notiziario TV pomeridiano, Brigitte maneggia un fascio di fogli, molti dei quali battuti a macchina con ampie cancellature, con i bordi pieni di aggiunte e commenti scritti a mano dal suo vecchio amico.

Non si era certo messa a frugare la casa del suo amico Falteri a caso. Bruno aveva lasciato trapelare di qualcosa che a sentir lui aveva scritto praticamente da ragazzo, da cui forse qualcuno avrebbe potuto estrarre un racconto o qualcosa del genere. Brigitte sfoglia quegli appunti con curiosità: la cosa più strana è che i fogli non sono in ordine, le storie del suo amico Bruno erano state scritte, dattiloscritte per l'esattezza, su pagine non numerate o numerate in maniera pittoresca, con numeri sostituiti o cancellati in un secondo tempo.

Quanto più di simile al puro caos avrebbe detto Valerio, questo era stato il commento di Brigitte dopo una prima occhiata.

- Un caos creativo - era stata la risposta di Bruno, - soprattutto se hai voglia di darti da fare per dargli un senso.

Brigitte ha smesso di ascoltare. Sta cercando di trovare un ordine tra la pila di fogli e di appunti, poche cose scritte a mano, le restanti in *Courier,* probamente su una vecchia Olivetti dalla r leggermente disallineata. Frammenti di poesie, trascrizioni di testi di canzoni di Brassens o di Joan Baez, stando ai titoli che Brigitte riconosceva, un pacco di fogli scritti su carta molto fine, senza numerazione di pagine. Brigitte scorre e vede citata un paio di volte il termine Speedy Gonzales.

- Qui parli della canzone? Speedy Gonzales?

- Un vecchio pezzo di Pat Boone.

- Vecchio? Ma sarà addirittura dei primi anni '60!

- '62 direi. Ero appena stato a Londra. Potevi farti a piedi tutto Tottenham Court Road ed era l'unica canzone che sentivi in tutti i Juke box del quartiere.

- E questi fogli non numerati?

- Storie.

- Ma dai... – Brigitte scorre in silenzio pagine e pagine, – Dovevamo recuperare le notizie del tuo primo giallo, della tua prima indagine agli inizi degli anni '70 e guarda qui tutti questi fogli che non c'entrano nulla. Parli di viaggi in autostop, della Polonia e di Londra del '62, una storia senza capo né coda.

- Doveva essere un romanzo e quei fogli sono quello che ne resta. Pensavo a un libro fatto di singoli fogli non rilegati, che doveva essere letto a caso, senza capo né coda, appunto, forse perché la vita allora così mi sembrava, divertente, ma senza senso. Cazzate giovanili, lascia perdere.

- E, a parte queste pagine, l'hai poi finito questo libro? Non trovo nemmeno il titolo.

- Si doveva chiamare i *Bandar-log.*

- E che vuol dire?

- È il Popolo delle scimmie, quelle che rapiscono Mowgli, te lo ricordi?

16

Siamo grandi, siamo libere, siamo meravigliose.
Siamo i più splendidi abitanti della giungla,
Lo diciamo tutte, deve esser per forza vero. [1]

- Bri-Bri, andiamo avanti e lasciamo perdere Kipling. Cosa beviamo col *coq-au-vin*?

Brigitte non lascia perdere e con aria ironica sventola un pacco di fogli sotto gli occhi dell'amico.

- Una specie di biografia? Saresti in grado di rimetterla in ordine?

- No, ti ho appena detto che non doveva stare in ordine. Forse era meglio trovare del Beaujolais. Lascia stare la mia adolescenza e torniamo a parlare del '73, se vuoi.

- Ascolta Bruno, mi piace scoprire che avevi tenuto una specie di diario di quel periodo e mi piace il modo con cui Rossella descriveva l'espressione della povera Michela, enfatizzata o no che fosse, ma la domanda che ti ho fatto ieri è restata senza risposta. Ieri mi avevi detto che la tua avventura di poliziotto era iniziata con la scoperta di un cadavere in una sede del partito comunista. Ti ho chiesto che ci facevi in quel posto e tu mi hai detto che eri lì perché eri comunista e che il resto era tutto scritto in queste carte, bastava leggerle. Qui mi sembra che ci sia scritto tutto fuorché quello che cercavo. Ricomincio da capo. Perché eri comunista?

- Non me lo ricordo.

- Non ci credo.

---

[1] *We are great. We are free. We are wonderful. We are the most wonderful people in all the jungle! We all say so, and so it must be true.* (Il canto del popolo delle scimmie; da *Il Libro della Giungla*, di R. Kipling, 1893-4). Parodia della democrazia, secondo alcuni, o ironica rappresentazione della piccola borghesia (A. Gramsci, *Il popolo delle scimmie*, L'ordine nuovo, 12 giugno 1921)?

- Forse per tante ragioni. Se vuoi e se la cosa ti incuriosisce, in mezzo a quei fogli ci sono le mie prime avventure di poliziotto e i resti di una specie di autobiografia piena di presunzione e arroganza. Se ne hai voglia leggi tutto quello che trovi e poi prova a separare le due storie, se ti sembra che la cosa possa avere un senso. Io ho tentato anni fa ma mi sono arreso subito. È una faccenda noiosa.

- Fuori è freddo, non c'è nulla che ci attiri altrove. Sono quasi le 18, c'è il lockdown-bis e non possiamo nemmeno uscire per un aperitivo. Tu rilassati, parla, ed io finisco di preparare il *coq-au-vin* che ti avevo promesso. E rispondi alla mia domanda.

- Ero comunista per tante ragioni, immagino. Ascoltati Giorgio Gaber[2], ce le trovi tutte.

- Perché preferivi fare la doccia al bagno e la mortadella al prosciutto[3]?

- No quella è un'altra canzone, lascia perdere. E poi non è vero, di ragioni ne ho altre. O, almeno, anche altre.

Bruno si arresta con un sorriso sulla faccia. Perché avevo ascoltato *Dove vola l'avvoltoio* e adoravo i Cantacronache[4], sta per aggiungere ma un flash, un ricordo è comparso all'improvviso. Brigitte in silenzio aspetta che il sorriso si trasformi in parole e le parole in espressioni compiute. Bruno su limita invece a frugare tra i fogli e ne estrae una pagina.

- Prova con questa, anzi leggo io.

---

[2] *Qualcuno era di sinistra*, Giorgio Gaber, 1992
[3] *Destra-sinistra*, Giorgio Gaber, 1994
[4] I Cantacronache. Un gruppo di musicisti che dal 1958 al 1962 tentarono di dare un taglio nuovo alla canzone italiana, tra di loro Michele Straniero, Sergio Liberovici, Fausto Amodei e Margherita Galante Garrone (Margot) a cui si aggiunsero scrittori quali Franco Fortini, Italo Calvino, Umberto Eco e Gianni Rodari. *Dove vola l'avvoltoio*, su testo di Calvino, è uno dei loro pezzi più famosi.

- Forse perché nel '63 gli spagnoli avevano fucilato Grimau[5]? Allora non mi sentivo di sinistra, qualunque cosa volesse dire, ma le manifestazioni per salvare Grimau furono entusiasmanti; e poi mi piacevano le canzoni della guerra civile spagnole che mi aveva insegnati Stefano a Firenze e Giorgio Israel, conosciuto in una piazza di Copenaghen mentre cantava Los Cuatro Generales *e soprattutto* Morti di Reggio Emilia.[6]

> *Di nuovo a Reggio Emilia*
> *Di nuovo là in Sicilia*
> *Sono morti dei compagni per mano dei fascisti*
> *Di nuovo come un tempo*
> *Sopra l'Italia intera*
> *Fischia il vento e infuria la bufera*

- E c'era bisogno di andare a Copenaghen per imparare una canzone italiana?

---

[5] Julián Grimau García (1911 - 1963) fu un politico comunista spagnolo che aveva avuto un ruolo importante nel corso della guerra civile (1936-39). Esiliato in Francia, rientrò clandestinamente nel '56. Catturato e torturato, nel '63 fu fucilato, ultimo dirigente del fronte repubblicano ucciso dopo la fine della guerra, nonostante le innumerevoli manifestazioni di protesta nelle più grandi città europee (al canto di *Julián Grimau hermano, te asesinaron, te asesinaron*) cantata in Italia da Margot, vedi nota precedente)

[6] *Per i Morti di Reggio Emilia* (1960), Canzone di Fausto Amodei, composta in occasione della morte di cinque operai nel corso di una manifestazione di protesta contro le violenze del governo Tambroni. I cinque erano due ragazzi e tre ex-partigiani, tutti membri del PCI.

- Io non la conoscevo perché non frequentavo *Nuova Resistenza*[7] anche se dopo l'ho cantata tutta la vita, o almeno finché ho frequentato i Festival dell'Unità.

- Coraggio, spiega, sbrigati e soprattutto, se possibile, evita di spiegare mediante cose che esigono ulteriori spiegazioni.

- Era un gruppo di sinistra ma a me sembrava soprattutto un gruppo di giovani intellettuali impegnati solo a ricalcare le orme dei loro genitori.

- Nuova resistenza a chi?

- Ai governi di destra che la Democrazia cristiana si accingeva ad organizzare. Per colpa di Nuova Resistenza persi addirittura i favori di Serena, una bellissima italo-scozzese, dalla pelle bianca, perfetta e dalle gambe lunghe, perché mi limitavo ad accompagnarla alle riunioni senza parteciparvi. In realtà questo è quanto ho ritenuto fino a circa dieci anni fa. L'ho rivista a Firenze, anziana professoressa d'italiano al London College, ormai in pensione. Mi rivelò che era venuta a letto con me solo per fare ingelosire Alfredo, un comune amico. Feci l'offeso e Serena mi ribatté ridendo che ero proprio uno scemo, in fondo dei tanti amici comuni che avrebbe potuto scegliere aveva scelto proprio me, una qualche ragione ci sarà stata, no? La baciai su una guancia e lei fui grato.

- E quell'Alfredo?

- Alfredo non si ingelosì o non più del solito.

- Bene. Possiamo tornare a parlare del tuo approdo al comunismo in maniera un po' più seria? O se vuoi lasciamo perdere e torniamo al delitto da cui siamo partiti.

- Prova con questa pagina, anzi la leggo io.

---

[7] Movimento politico sorto a Firenze nel 1961, ideato e organizzato soprattutto di parte Alberto Scandone, giovane socialista, in risposta ai governi democristiani dell'epoca appoggiati dall'estrema destra.

Perché nel '64, in Polonia, i camionisti alle cinque di pomeriggio smettevano di lavorare e dovunque fossero si fermavano a bere, mangiare e dormire. Vedi, spiegavo a Kiss, mentre traversavamo la Polonia in autostop, i camion sono tutti dello Stato e i camionisti non mettono la loro vita a rischio per un padrone - e così parlandole convincevo me stesso, - i camionisti lavorano otto ore e alle cinque di pomeriggio, caschi il mondo, si fermano e si ubriacano di birra dopo essersi fatti un paio di quelle bottigliette di liquore di ciliegia il cui tappo di ceralacca veniva fatto saltare con un colpo netto e che una volta finite venivano gettate sulla strada lasciando luccicanti frammenti sull'asfalto. Quella dei vetri rotti era una cosa da polacchi bastardi ma la loro libertà era figlia del comunismo ovvero della mancanza di un padrone.

Brigitte è occupata col suo galletto ma è anche incuriosita e non perde una parola. È la prima volta che Bruno le parla di queste cose, della sua vita di mezzo secolo prima, delle sue idee di allora. La marinatura è perfetta, è bene cominciare a scegliere il tegame giusto.

A pensarci bene, forse ero diventato di sinistra quando un paio d'anni prima, lavorando in una fabbrica danese, avevo scoperto che per azionare la pressa che stampava le portiere dei frigoriferi a cui ero stato addetto si doveva applicare ambedue i pollici contemporaneamente, su due pulsanti lontani tra loro. Si andava un po' più lenti ma si stampava la lamiera e non le dita. Mi sembrava una cosa molto di sinistra anche se non sapevo esattamente come funzionassero le presse in Italia ma furono i camionisti polacchi quelli che mi convinsero che era meglio non aver padroni. Gli autostoppisti, alle cinque esatte, smettevano di star lungo le strade e si inoltravano tra le vie di paesotti e fattorie, in cerca di cibo e ricovero. Auto private non ce n'erano e quindi il viaggio era affidato solo ai camion e alla bontà dei camionisti. Kiss non si lamentava né io mi lamentai di lei, almeno nel corso di quei tre magici giorni, da Malmö a Varsavia, passati in compagnia sua e di una banda di coetanei con i quali potevamo scambiare non più di venti parole d'inglese e dieci di tedesco.

- E questo è tutto.
- Tutto su che? Chiede Brigitte.
- Sul '64, sul comunismo e su Kiss: lei era norvegese e da lì a poco se ne andò a Parigi senza che io potessi far nulla per impedirglielo.
- Non dire idiozie, Piero è morto nel 1973 in una sezione del PCI, e fosti tu a trovarlo. Lascia perdere la Polonia, avevi 19 anni! Ma che diavolo ci facevi nel 1973, nove anni dopo, in una sezione del Partito Comunista Italiano?
- Ne ho solo un vago ricordo e comunque anche la storia della sezione del PCI è colpa del '64. Nel '64 successero anche altre cose. Il '64 fu l'anno del ciclone Federica, tutto iniziò di lì ripensandoci bene, anche la faccenda di Piero e i fatti del 1973. Come va il pollo?
- Sta bene. Sta marinando tranquillo nel Pinot noir del 2015, con cipolla, carote, prezzemolo e altri odori, non ti preoccupare. Vai avanti, mi piace sentirti leggere di te stesso. E smetti di guardare con cupidigia i pezzetti di pancetta croccante, non ti avvicinare nemmeno. Andranno aggiunti alla fine. Chiaro?
- Chiaro.
- Avanti con questo ciclone, allora.

- Immagino tu sia comunista - proclamò Federica quando irruppe nel mio piccolo quieto mondo in cui nessuno era qualcosa ma tutti erano fraternamente accomunati dalla indefessa ricerca di ragazze che la dessero senza fare troppe storie.

Nota che quella di Federica non era stata una domanda ma una constatazione che non feci a tempo a commentare perché la successiva richiesta - fammi conoscere i tuoi amici, – mi cadde addosso come un ordine perentorio.

La portai da Pio Carlone, uno studente dell'Accademia che campava di lavoretti e che ogni tanto, a quanto pareva, riusciva a vendere anche qualche quadro. Pio era un ottimo compagno d'avventure, il pittore un po' trucido e bohémien *che una turista americana si aspetta di trovare a Firenze, ma non era di sinistra e se ne sbatteva il culo di tutto fuorché dei soldi che non bastavano mai e delle donne, specialmente se americane.*

Qualcuno un giorno scriverà la storia di Pio, morto solo come un cane, solo con un cane, nell'outback australiano. In Australia aveva fatto carriera. Dipingeva quadri di sei metri per otto o quattro per dieci, splendide visioni del golfo di Sydney piene e di colori e di movimento, che ogni tanto riusciva a piazzare a banche o a grosse compagnie come la Quantas. A quel punto Pio partiva per la Puglia, non senza una previa consistente sosta in Thailandia e, arrivato a Bari, riempiva di regali parenti e nipoti. Finite le feste se ne tornava a Sydney e ricominciava la sua vita di bohémien *italiano, riempiendosi di debiti e di promesse, in attesa di qualche altra grossa commessa, regolarmente circondato da giovani donne che lo accudivano con amore e sopperivano ai suoi momenti di miseria più acuta.*

- Bruno, hai detto bene, qualcuno scriverà la storia di Pio ma vorrei tornare a quella Federica e alla tua conversione al comunismo.

- Abbi un po' di pazienza, resisti. Come resisto io alla pancetta.

- Pio non era comunista, non era l'amico giusto per me. L'amico giusto era lei, mi fece capire Federica. Fino a poco prima lei era stata con uno di sinistra, un socialista di sinistra che però scopava come un indeciso di centro che lei aveva lasciato per uno un po' meno di sinistra che scopava però come un trotzkista.

Quando incrociò la mia strada Federica stava con Simone, una storia molto di sinistra – lui, un futuro fondatore di Potere Operaio[8] *- ma forse scopava poco o si era stufato di scoparla e a quel punto Federica si sentì affrancata dall'obbligo di coniugare sesso e politica e si dedico a cantare* Master of war [9]*sul Ponte Vecchio e a selezionare i giovani fricchettoni dell'epoca, i "capelloni", così venivano chiamati, finendo per concentrare le sue attenzioni su Lucianino, un giovanotto bello che più non si poteva, con un sorriso che era una chiamata alle armi, almeno per le amanti di Bob Dylan e di Joan Baez, e che di politica aveva le idee giuste, su ordinazione, sufficienti a non far sentire Federica in colpa mentre gli si dava con passione.*

E poi naturalmente c'era il Vietnam e quel cazzo di guerra cominciava ad essere veramente qualcosa di eccessivo e se in America i nostri coetanei facevano tanto casino le ragioni di

---

[8] Potere Operaio (PotOp per gli addetti ai lavori) fu uno dei più importanti movimenti di estrema sinistra, attivo dal 1967 al 1973, fondato da Toni Negri, Oreste Scalzone e Franco Piperno.
[9] Canzone di Bob Dylan del 1963

far casino anche da noi c'erano sicuramente. Con Federica organizzammo delle cose come i finti candelotti di dinamite deposti negli uffici dell'American Express (manici di scopa segati a pezzi legati con del filo elettrico e una sveglia), finti cadaveri lasciati galleggiare in Arno con addosso scritte anti Yankees, ancorati sul fondo del fiume con vecchi ferri da stiro ed infine, una volta che Federica ebbe riesumato l'amico giusto, quello di sinistra che scopava come uno di centro, ci fu la notte delle scritte sui muri, mettendo insieme fricchettoni (i "capelloni") del Ponte Vecchio, i giovani della FGCI (comunisti veri, questi, comunisti patentati) e cani sciolti di ogni tipo. Nel tentativo di mettere d'accordo hippies, comunisti, e socialisti, lo slogan adottato fu: Bombe Usa sul Vietnam, e tu?*

In una notte di primavera del '66 una cinquantina di persone si scatenò con bombole spray e cartoni appositamente traforati e decorò la città di scritte.*

Bombe Usa sul Vietnam, e tu? Ed io mi scanso, *fu la sagace risposta di un fiorentino poco di sinistra, tracciata sotto uno dei nostri proclami murali. Solo Francesco e Mario crearono dei problemi: Francesco perché fu fermato da una guardia notturna, non di sinistra, pistola puntata, con l'auto piena di vernice (per inciso la vernice era indelebile e l'auto non era sua) e Mario perché era Mario.*

- Ti ho mai parlato di Mario?
- Svariate volte, vai avanti.
- Anche lui, da solo, meriterebbe un libro.
- Sarà per la prossima volta.

Nato per stupire, per fare indignare, per affascinare e per attrarre l'attenzione, un'anima da attore che poi è stato quello che ha fatto tutta la vita (e che tutt'ora farebbe se non si fosse fumato in meno di trent'anni tutte le sigarette che avrebbe dovuto invece fumare in novanta), quella notte Mario si sentiva come un fiume in piena, un fiume di bisogno di irridere e di stupire. Viva Mao Dio 'mpesta'o scrisse al posto del nostro slogan asettico e buonista e altre cose che ti risparmio. Maoisti blasfemi deturpano la città, fu il commento del quotidiano la Nazione il giorno dopo. Il PCI minacciò di espellerlo dal partito in cui incautamente (sia per loro che per lui) Mario militava, celebrando una specie di processo che si concluse in nulla.

Il padre di Federica, noto accademico progressista, trovò la cosa di pessimo gusto: non le scritte di sinistra, ma la frequentazione della figlia con i capelloni (di vaga e incerta collocazione politica) ed era sconvolto che con tutti gli amici di sinistra presentabili la ragazza se la spassasse con un giovanotto che sapeva, sì, cantare le canzoni d Joan Baez, ma privo di studi e di prospettive se non quelle di vendere scarpe di finto cuoio fiorentino ai banchi del mercato del Porcellino.

Tanto preoccupata era l'uomo, professore di storia del movimento operaio, che una volta pretese un incontro privato con me per capire cosa avesse sua figlia per il capo. Uscii da questi incontri balbettando cose di circostanza, salvo, più tardi, presentare a Federica un mio amico di destra, Sergio. Figlio di un facoltoso industriale fiorentino di materiali plastici, bello, aitante e pieno di buona volontà, Federica gli cedette non prima però di aver deciso di trasformare il ricco rampollo in uomo di sinistra il che costò, al rampollo in questione, un incontro con un prete che avrebbe dovuto benedirlo e con un notaio di fronte a cui la famiglia lo diseredò.

Qualche mese dopo il giovanotto trascorse con Federica momenti magici a zoccolare nel fango lasciato a giro dall'alluvione e a collaborare al trasporto di cibo, acqua e latte nei quartieri in cui per qualche giorno la gente ebbe difficoltà a raggiungere un qualche negozio. Federica apprezzava la costanza e la forza fisica del catecumeno fino a che, con le estremità ancora sporche di fango, le presentai un altro mio amico, Lorenzo. Prestante, di origini modeste ma molto colto e molto di sinistra, Lorenzo era figlio di un operaio comunista e iscritto al PCI. L'ideologia ebbe la meglio sulla plastica anche se non posso tacere il particolare, tutt'altro che irrilevante, che pochi anni dopo, una volta separatosi, Lorenzo, senza quasi volerlo, divenne uno dei più ambiti e ricercati scopatori da parte delle giovani della sinistra comme-il-faut, *un letto che non poteva essere trascurato nemmeno da signore di destra o, diociliberi, di estrema sinistra. Non solo di ideologia erano frutto le scelte di Federica.*

Il mio distacco dagli amici e dal cazzeggio divenne definitivo quando Federica decise di spingere fra le mie braccia la più bella e affascinante delle sue amiche. Ripensandoci bene, di amiche ne aveva poche ma Claudia era in ogni caso bella, affascinante e sostanzialmente sua succube. Federica viveva con Lorenzo in via del Corso, Claudia in va de' Tavolini, in un appartamento vicino a piazza Signoria, mentre io in quel periodo abitavo in via Lambertesca, a pochi metri dalla piazza in questione e avevo per coinquilina una delle studentesse greche di via Repetti. Il controllo di Federica si fece totale non appena divenne amica della mia coinquilina. In sostanza, abitavamo tutti a poche decine di metri gli uni dagli altri, nel pieno centro cittadino; un cerchio magico un po' speciale, di cui Federica era, volente o nolente (in realtà molto volente), il fulcro. Un periodo di grande felicità, di amori e di amicizie che avrebbe potuto essere eterno.

- Bruno, non m'importa nulla di questa Federica e di via de' Tavolini. Torniamo al PCI. Trova qualche altro foglio.

- Io ti racconto quello che trovo e che mi passa per il capo, sei tu quella che dovrà trovare il filo, se ti riuscirà ricucire la storia. Sei tu che hai detto che era il tuo turno scrivere qualcosa su di me dopo che, secondo te, avevo così malamente raccontato e storpiate le storie che avevamo vissuto insieme.

- OK e infatti è quello che sto cercando di fare. Siano partiti da un certo Piero, morto in una torre nel centro di Firenze nel 1973 e ora stiamo parlando dell'alluvione del '66 e prima ancora del '64. Non è facile ricucirti.

- Alluvione, eccoci.

- *Durante l'alluvione avevo stretto contatti con Cesare, studente di architettura, biondo e affascinante, figlio di un notabile del PCI. Lo avevo conosciuto anni prima a sedere sulla fontana di Piccadilly Circus e rivisto, l'anno successivo vicino alla Fontana delle cicogne di Amagertorv, a Copenaghen, mentre mi trovavo in una situazione singolare: stavo giocando una partita a scacchi con un tizio, con la barba lunga e l'aria da barbone, che aveva disseminato 12 scacchiere, tutt'intorno alla fontana, senza proferire verbo. Finita l'installazione alcuni dei passanti (quasi tutti turisti) si erano già seduti, proponendosi ovviamente come avversari. Lui senza guardare nessuno in faccia iniziò a fare il giro della fontana e a giocare in risposta alle mosse degli avversari, senza badare a nient'altro che alle scacchiere, passando velocissimo dall'una all'altra e borbottando se qualche avversario prendeva tempo. In realtà non era un gran giocatore e io mi trovai quasi a vincere. Feci una mossa ma poi la corressi all'ultimo sistemando il pezzo in un'altra posizione (azione proibitissima dalle regole degli scacchi) con cui avrei catturato la sua regina. Gridai vittoria ma il vecchietto s'incazzò a morte spiegando agli astanti, in danese ma il concetto era chiaro anche per i turisti stranieri, che io avevo toccato un pezzo due volte. Il vecchio era stato però così scorbutico e irritante che la maggior parte dei presenti si mise a tifare per me. Cesare si era goduto la scena senza commentare; mi riconobbe e poi, di fronte a una Tuborg, si mise a spiegarmi che non era capitato lì, come me (non lo disse esplicitamente ma il concetto era quello) per scoparsi una danese o una svedese ma improvvisò qualcosa di intelligente sulla gioventù inglese o scandinava, sull'atmosfera di Piccadilly e di Amagertorv e azzardò qualche acuto confronto tra italiani e nord-europei. Mi mise un po' soggezione, anzi mi fece proprio sentire una merda, così palesemente imprigionato nel mio riduttivo desiderio di donne giovani e bionde (e occasionalmente di vincere a scacchi, magari fregando un po').*

- Ma giochi ancora a scacchi? - mi chiede stupita Brigitte, - in tanti anni che ci conosciamo non te ne ho mai sentito parlare.
- Gioco male e più invecchio peggio gioco, meglio lasciar perdere. Gli scacchi non sono come la bicicletta.
- E Cesare non giocava?
- Non lo so, non a Copenaghen, lì si limitava a guardare e a atteggiarsi da sociologo.
- E che c'entra tutto questo col rapporto tra te e il PCI? Siamo partiti dai camionisti polacchi ...
- Ci arrivo.

A Firenze, poco prima della notte delle scritte sui muri, Cesare aveva per me ancora il fascino del giovane intellettuale di sinistra, iscritto alla FGCI[10], in cui era qualcuno. Commentò con apparente entusiasmo quello che giudicavo il mio successo "politico", di avere cioè trascinato in questa avventura

---

[10] Federazione Giovanile Comunista Italiana

notturna giovani comunisti, amici vari e una dozzina di capelloni, ma in realtà mi ascoltava col distacco della maestra a cui il bambino mostra il suo nuovo piccolo capolavoro.

Per non sentirmi inadeguato agli occhi di Cesare, di Federica e dei camionisti polacchi alla fine mi trovai iscritto alla sezione Spartaco Lavagnini, segretario di sezione Lorenzo Giugni, mio ex-compagno di banco nonché legittimo marito di Federica. Potevo finalmente frequentare i festival dell'Unità sentendomi di casa e cercare d'imbroccare le compagne senza sentirmi un alieno.

CAPITOLO 2 - la cottura del coq au vin

- Tutto qui?

- Tutto qui, cara Brigitte, la vita è fatta di piccole cose, almeno la mia come vedi. Vai avanti, leggi tu, ti prego. Attenta al pollo e vai avanti.

- Qui parli della sezione e di una certa Gianna. Sezione di che?

La sezione Lavagnini, dipendeva dalla federazione cittadina del PCI ed il capo della federazione si chiamava federale. Quando lo scoprii, grazie a questa Gianna, mi venne da ridere: a me la parola federale ricordava solo un esilarante film con Tognazzi, il Federale[11] appunto, ma Gianna aveva delle gambe lunghe, solide e accoglienti, era devota al federale e la risata me la tenni per me. Anni dopo il suo anti-comunismo viscerale fu l'esempio della fluidità delle cose di questo mondo mentre l'anticomunismo di Federica meriterebbe un discorso più lungo e tormentato.

- Bruno, non mi tormentare più, non mi puoi saltare così da una persona all'altra, non ti seguo più. Gianna, da dove è saltata fuori questa? Puoi smettere di parlare a vanvera? Non riuscirò mai a mettere tutto questo in una storia che abbia senso, nemmeno se fossi una fervente ammiratrice di André

---

[11] Regia di Luciano Salce (1961).

Breton[12]. Dell'anticomunismo di ritorno della tua generazione non voglio sapere nulla, ai francesi bastò la conversione
di Yves Montand[13], di cui ancora parlava mio padre, che pre-
cedette di quasi dieci anni quella dei *nouveaux philosophes*[14]
di cui so poco o nulla e che nemmeno mi incuriosisce.

- Bri-Bri, Non essere noiosa, ma se non eri nemmeno nata
quando succedevano tutte queste cose!

La risposta è un'alzata di spalle e un finto sorriso. Questi
sono i momenti in cui Bruno si distrae, si dimentica dei qua-
rant'anni di differenze che corrono tra i due e per Bri-Bri di-
venta difficile da sopportare.

Bruno prepara due capaci bicchieri, li riempie di ghiaccio,
aggiunge una scorza d'arancia e versa Bitter Campari fino
quasi all'orlo, ne porge poi uno all'amica che, in piedi, vicina
ai fornelli, sta controllando la marinatura del suo *coq* doman-
dandosi se non sia il momento di passare dalla marinatura
alla vera e propria cottura.

Il Campari fa rifiorire il sorriso sul volto di Brigitte, il sorriso
affettuoso di chi, a un amico, è pronto a perdonare tutto e
con il quale anche le piccole *querelle* verbali sono solo segni

---

[12] André Breton (1896-1966), poeta e saggista francese, ammira-
tore dei dadaisti e uno dei fondatori del Surrealismo.
[13] Yves Montand, cantante e attore italo-francese (1921-1991), il
"cantante comunista" per definizione. Dopo i fatti d'Ungheria
(1956) ma soprattutto dopo l'invasione di Praga (1968), passò il resto della vita a svolgere intensa attività anticomunista e soprattutto
antisovietica, in accordo anche con la moglie, l'attrice Simone Si-
gnoret (1921-1985).
[14] Un insieme abbastanza eterogeneo di filosofi francesi (tra cui André Glucksmann e Bernard-Henri Lévy) che verso la fine degli anni
'70 svilupparono un sistematico attacco al marxismo e alle ideolo-
gie totalitarie, sia pur da posizioni non conservatrici.

di affetto. Il piacere è essere lì, accanto a lui, mentre tutto il resto di quei fogli e di quei racconti sconnessi sono un *fringe benefit*, si dice, o forse non solo. Forse potrebbe davvero essere trasformati in qualcosa di leggibile.

- Nei frammenti del tuo diario si parla di un certo Cesare, ritrovato in Africa. È lo stesso di Piccadilly Circus?
- Sì. Quando il PCI si trasformò in DS, Cesare divenne deputato europeo, capì per tempo che quella politica non faceva più per lui e si ritirò a Malindi a fare lo scultore con *objets trouvés* e legni dilavati dall'oceano sotto il sole africano. Sculture modeste, direi.
- Non voglio sapere che diavolo ci facevi in Africa. Possiamo tornare alla sezione Lavagnini, quella in cui trovasti il tuo morto?
- In Africa ci sono tornato dopo che ci eravamo stati assieme, mia dolce amica,[15] due anni fa invitato da quel tizio che ci aiutò nel caso degli Oleandri[16], te lo ricordi?
- Certo che me lo ricordo. Possiamo tornare al tuo morto? Quello nella sezione del PCI?
- Non era il mio morto.
- Il morto, oggetto della tua prima indagine. Bruno, non essere noioso, smetti di giocare sulle parole e raccontami qualcosa.
- Secondo me il *coq-au-vin* si sta sciupando.
- Bruno il pollo sta solo marinando, in pace, che tu lo voglia o no. Dovrebbe marinare mezza giornata. Tra un po' lo leviamo ed iniziamo a cuocerlo, non ti preoccupare. Torniamo al morto a almeno alla tua presenza nella sezione del

---

[15] *Deriva ovvero il coltello di Rupert* (M. Vannini, in press)
[16] *Sangue sugli oleandri*, di M. Vannini (Ed. Montaonda, 2019)

PCI. Vediamo cosa scrivi qui, queste dovrebbero essere le pagine seguenti.

La sezione del PCI aveva sede in un palazzo medievale, accanto ad una delle poche torri sopravvissute nel centro cittadino, in piazza san Pier Maggiore o più semplicemente San Pierino. Vero centro nevralgico di quella parte di città in cui tutti i miei amici vivevano ed in cui io ero addirittura nato. Sotto la torre si apriva il regno di Uccellone (alla lettera, uomo dal grande uccello, caratteristica che lo aveva reso noto a suo tempo in tutti i bordelli cittadini), che consisteva in una trattoria tossica il cui vino della casa era letteralmente fatto in casa e in cui tutti i canoni della cucina toscana erano contraddetti: si spendeva poco e si mangiava peggio. Dalla parte opposta una latteria ed un macellaio e sul lato più lungo della piazza, il bar Daria. Accanto alla Daria si apriva l'arco a volta che, passando sotto le case che si affacciano su quel lato della piazza, permette di accedere alla via dove ci troviamo ora.

- Borgo Pinti. Dove siamo ora!
- Esatto.

Il pollo passa finalmente sul fuoco e il profumo lentamente si diffonde.

- Lasciamolo in pace e andiamo di là – ordina perentoria Brigitte, - prendi il tuo bicchiere e vedi se puoi mettere mano alle tue scorte di anacardi da gustare assieme al Campari.

L'arco era un bivacco di ubriaconi prima e di drogati poi e io l'ho sempre traversato con un po' di paura, da ragazzino, un certo disgusto fino a poco tempo fa. Ma il bar accanto, il bar Daria, era il centro del mondo. Era aperto praticamente 24 ore su 24, serviva cappuccini e caffellatte a chiunque si alzasse per tempo, rasi di vino a qualunque ora e aperitivi o stravecchio la sera e la notte tutta. La Daria trattava oltre che di aperitivi anche di quadri, collezionava e comprava tele e uno dei suoi più assidui frequentatori era il più noto pittore fiorentino dell'epoca, Pietro Annigoni.

Quadri a parte, non c'era ragazza che passasse nel raggio di cinquanta metri che non venisse invitata a bere o comunque apostrofata. Non c'era ragazza che si fosse lasciata apostrofare che non venisse invitata a finire la serata altrove e non c'era serata che non finisse a casa di Marco o di Stefano o direttamente nel letto di Mario. Gli unici discreti erano gli amici gay ovvero quelli che anni dopo avremmo scoperto essere gay – l'outing non era ancora di moda - e che in ogni caso scopavano assai più dei poveri e rumorosi etero.

- E il PCI?

La sezione del PCI era superiore a tutte questo. Era un frammento dell'internazionalismo proletario e poco aveva a che vedere col resto della piazza. Era composta oltre che dal sottoscritto, da Lorenzo, da Federica e da Claudia (che ancora studiavano) ma anche da artigiani e vecchi pensionati del quartiere, qualche piccolo impiegato, una famiglia di tipografi, forse un maestro. Operai pochi o punti.

- E tu, borghese, di famiglia benestante, figlio di un medico, che c'entravi con tutto questo? L'incontro con quel Cesare, con Federica e il tuo vecchio compagno di scuola, sono da soli bastati a fare di te un potenziale rivoluzionario, sia pur con l'aiuto dei camion polacchi, delle presse danesi, con la guerra del Vietnam come rumore di fondo?

- Si bastò. Ma anche no. Comunque fammi andare avanti.

E poi c'era la chiesa e il divorzio in arrivo, potevi essere contro la chiesa e contro i preti. Perdio, mi ero letto Perché non sono cristiano di Russell tutto d'un fiato da ragazzino, e poi Lamettrie, Kautzki, Huxley. Al posto dei testi consigliati dei miei docenti di Liceo, assieme a Lorenzo (anzi, su sua istigazione) avevamo deciso di adottare autonomamente il Geymonat e il Salinari[17] e alla fine qualcosa era germogliato nella mia testa, sia pur per vie traverse e incerte. In conclusione mi sembrò logico e ineludibile iscrivermi al PCI, frequentare i compagni del quartiere e ostentare l'Unità per impensierire i buoni borghesi del quartiere adiacente, ovvero del posto in cui abitavo.

- Ma Lorenzo è lo stesso che avevi presentato alla tua amica Federica?
- Certo, era un'amicizia che veniva da lontano, da molto lontano come vedi.
- E quindi dopo i frigoriferi danesi, i camionisti polacchi, le scritte sui muri e l'alluvione fiorentina ti ritrovasti comunista? Un rivoluzionario di professione?
- Ma no! E poi mi sono dimenticato del vecchio di Samarcanda.

Brigitte, ascolta in silenzio, sperando che Bruno si sbrighi a raccontare l'ennesimo aneddoto, saltellando da un argomento all'altro e aggirando gli argomenti di cui lei vorrebbe parlare.

- Nell'Agosto del '68 feci un viaggio in Russia, nella Russia asiatica. Da neo-comunista, è vero, ma con un solido scetticismo borghese nei riguardi della patria del comunismo. Alla frontiera con la Romania, cambiai i soldi in un ufficio costituito da un'enorme stanza occupata da quattro impiegate, in-

---

[17] Ludovico Geymonat (1908-1991), filosofo della Scienza, e Carlo Salinari (1919-1977), accademico e critico letterario, ambedue ex-partigiani e intellettuali di spicco del PCI e ambedue autori di noti libri di testo pre le scuole superiori.

sediate dietro quattro scrivanie, ognuna munita di un calcolatore. Ognuna di loro rifece il conto, una addirittura due volte. I calcolatori di cui erano dotate erano degli abachi, degli oggetti con le pallottole colorate che avevo sicuramente visto da bambino e che in realtà non avevo mai imparato ad usare. Un esempio dell'inefficienza del cosiddetto comunismo reale che mi accompagnò per tutto il viaggio: strumenti obsoleti e spreco di personale (oltre all'impressione che mi fece vedere la gente traversare la pista a piedi ed imbarcarsi sui piccoli Antonov con la sigaretta in bocca).

A Samarcanda la strada principale del mercato era ingombra di gente, ragazze uzbeke con le trecce, anziani a cavallo col turbante in testa che si destreggiavano con indifferenza tra i puzzolenti camion russi, donne con vestiti tradizionali che ammucchiavano pagnotte appena uscite dal forno o accatastavano enormi meloni gialli, di forma oblunga.

Nel mezzo del via vai un vecchio dall'aria imponente, barba bianca e turbante blu scuro, con in mano un bastone di legno lavorato. Si blocca in mezzo alla strada a gambe divaricate, mi studia e piegandosi leggermente verso di me, ad alta voce mi chiede:

- *Otkuda?*

- *Italiansky*, risposi.

- Sapevi il russo?

-Ma no, Brigitte, erano le uniche due parole di russo che conoscevo, oltre a *vodka* e *tovarish* naturalmente.

- Vai avanti.

- Il vecchio mi fissò e poi lentamente tornò a guardarmi dall'alto, ah... Togliatti... profferì, con un lungo sospiro di rimpianto, e se ne andò per la sua strada senza girarsi. Sì, anche il vecchio uzbeko ebbe un suo ruolo nella mia formazione di rivoluzionario fiorentino. Appartenevo a una grande famiglia.

- OK, Bruno, un giorno mi racconterai come c'eri finito a Samarcanda. Ora torniamo a te e a Firenze. Prova a ripartire da dove ci eravamo fermati.

Bruno fruga un po' tra i suoi fogli e ne porge uno alla sua amica.

- Leggi tu questa pagina, avevo poco più di vent'anni e già mi sentivo pronto a scrivere un'autobiografia.

All'Università studiavo con mala grazia lettere e filosofia solo per sottrazione, dopo avere cioè eliminato tutte le altre opzioni possibili; ero appassionato – per ragioni che ancora oggi mi sfuggono - di linguistica e di storia delle lingue, mentre tutto il resto mi annoiava. Per il resto non sapevo nemmeno cosa fossero le Tesi di Lione[18] (a quelle dobbiamo tornare, tuonava il Bacciardi), né chi fosse Ricardo[19] con una c sola e perché i compagni che volevano farsi una certa preparazione avrebbero dovuto ricominciare dal lui oppure saltare tutto a piè pari (insisteva il Bacciardi) e partire dalle tesi di Lione. Tesi di chi? Studiai un po' la faccenda, di Ricardo non capii molto (così come ancora oggi non capisco nulla quando qualcuna parla di economia) mentre le Tesi di Lione mi infiammarono il cuore ma, con quel po' di storia che sapevo, mi suonavano un po' datate rispetto al contesto italiano del momento; arrancai un po' per capire chi diavolo fossero queste parti sociali di cui i giornali paventavano lo scontro e fui molto sollevato nello scoprire che in pratica si trattava solo della confindustria e dei sindacati.

Da bravo borghese seguitavo a pensare che un operaio italiano medio non stesse peggio di uno che in Russia viveva senza padroni, forse addirittura un po' meglio, anche se non

---

[18] Documento elaborato da Antonio Gramsci nel 1926, per il terzo congresso del PCI, riunitosi clandestinamente in Francia.
[19] David Ricardo (1772-1823), economista e politico inglese.

bene come in Danimarca, l'esecrata socialdemocrazia dei miei compagni più tosti, dove gli operai se la cavavano benino, sicuramente meglio che da noi. Ma come non essere di sinistra quando tutto quello che ti piaceva era scritto, o diretto o interpretato da persone di sinistra? O dopo aver assistito a un intervento del compagno Terracini alla casa del Popolo di Piazza dei Ciompi, quel Terracini che aveva discusso a tu per tu con Lenin? E in Italia essere di sinistra voleva dire esser comunista, non c'erano alternative, almeno a detta di Federica, e di Claudia e di Gianna e di tutte le persone che ho nominato, a cominciare da Lorenzo.

- L'unica cosa che capisco bene e che eri un giovane borghese un po' confuso e ignorante...
- Ma no, aspetta.

Avevo letto religiosamente la Storia dell'URSS *di Stalin,* Estremismo malattia infantile del comunismo *di Lenin, e* Etica e concezione materialistica della storia *di Kautsky (senza sapere che già nel '18 il povero Kautzky era stato rinnegato dallo stesso Lenin, diventando così, dopo Giuda, il rinnegato più famoso della storia) e mi ero appassionato a Darwin e alle sue idee. E inoltre leggevo sempre l'*Unità. Rinascita *no, perché nonostante il disprezzo con cui Federica mi trattava quando scopriva che non avevo letto l'ultimo articolo di chissacchì, mi annoiava e non sapevo leggerla. Però da bravo comunista la compravo.*

- Che vuol dire che non sapevi leggerla?
- Scoprii solo anni dopo che negli articoli di *Rinascita* era più importante scoprire il non detto piuttosto che il detto e che l'ordine in cui le varie proposizione si susseguivano era importante e che non si doveva perdere le allusioni alle tesi

di qualcun altro. Insomma, anche se era in corso un vero dibattito, gli articoli mi sembravano tutti uguali ed era al lettore che veniva lasciato il faticoso compito di scoprire le sottili differenze. Era troppo per me. Pare ci fosse stato, prima dell'alluvione, un XI Congresso del PCI, in cui si dibatté tra due correnti, una si riferiva ad Amendola e l'altra ad Ingrao, due stimati e autorevoli leader del PCI. Gli amici ingraiani mi stavano più simpatici, erano più di sinistra. Mi sentivo ingraiano anche io e naturalmente mi sognai bene di andare a leggere le fonti.

- Un congresso del PCI che cosa aveva a che vedere con l'alluvione di Firenze?

- Nulla, ovviamente. È solo che, a Firenze, per molti ragazzi dell'epoca, la vita si distingueva tra ciò che era successo prima e dopo l'alluvione, era una forma di scansione temporale.

- E quindi tu, una volta scoperto che un partito di sinistra covava nel suo stesso seno una sinistra e una destra, non potesti non scegliere la sinistra, era ovvio!

- Non lo so, non mi ricordo più. Può darsi.

- E allora perché non passare ai gruppi di estremisti o terroristi? Sempre più a sinistra senza paura! O eri già un poliziotto?

- Ma no, diventai poliziotto dopo quel morto, per colpa del Bocca.

- Bruno, smettila con questo gioco di storie raccontate a metà, chi è questo Bocca? Non buttarmi nomi così, tra le gambe, come se per me fossero tutti ovvi.

Niente estrema sinistra né terrorismo. Lotta continua, Potere Operaio, Avanguardia operaia *e poi, tra i gruppi clandestini* Prima Linea *e* Brigate Rosse*, tanti cervelli fusi e tante vite sprecate in una spirale di avventurismo politico. L'avventurismo mi sembrò sempre idiota, per quel po' che conoscevo il*

40

mondo e soprattutto la storia; anche se un pugno di immigrati e sradicati in alcune fabbriche del nord era pronto ad accendersi agli slogan di Potere operaio *o dei terroristi, non vedevo come la cosa si sarebbe mai potuta estendere all'intero paese, alle zone del centro Italia che conoscevo un po' meglio, alla Polizia, all'Esercito e ai Carabinieri! Loro sì che avrebbero potuto effettuare un colpo di stato (e forse hanno tentato attorno al 1960 e nuovamente nel 1970), non certo qualche centinaio di fanatici clandestini e altre centinaia di fiancheggiatori nel resto d'Italia; Questi Robin Hood che riuscivano persino a evadere dalle carceri e tenere in scacco la polizia, potevano essere gli idoli di qualche sgangherato giovanotto incattivito dallo sfruttamento e dal tipo di lavoro particolarmente gravoso ma da lì a cambiare l'Italia ce ne correva. L'aveva capito Marx nel 1848[20] e nel 1870[21], e ovviamente Togliatti nel'46, con i partigiani ancora armati a disposizione. Figuriamoci ora, sull'onda del boom economico!*

- Quindi ti sentivi già un uomo d'ordine?
- Dalla parte dell'ordine, non per motivi politici ma solo per una questione di razionalità. Per motivi politici e per colpa del Santomassimo.
- E questo chi è?
- Ora è un ex-professore di storia, allora era uno che mi fece capire che quel partito non era solo quello che spesso sembrava, un covo di vecchi filosovietici che diffidavano degli

---

[20] Nel 1848 estesi moti pre-rivoluzionari, incluse le Cinque giornate di Milano, scossero tutta Europa (da qui l'espressione "fare un quarantotto").

[21] La Comune di Parigi (1971) primo esperimento di potere socialista e libertario in Europa, ma troppo debole e isolata anche agli occhi di Marx, resistette poco più di due mesi. L'esito furono 30.000 morti e altre migliaia di "comunardi" arrestati e deportati.

studenti ed erano restati abbarbicati al mito della Resistenza. Durante l'alluvione le singole sezioni del partito fiorentino assieme alle parrocchie, erano state l'asse politico e civile della città e per almeno un mese l'avevano tenuta assieme. Un anno dopo, nel corso di una assemblea, ci fu un dibattito su quell'esperienza. Abbiamo rivissuto lo spirito dei Soviet, diceva qualcuno, dobbiamo estendere l'esperienza all'intera città, sosteneva qualcun altro. Il Santomassimo si alzò e si rivolse all'assemblea, con aria ironica e col suo accento da intellettuale meridionale: compagni, io vi capisco, capisco che si è trattato di un'esperienza esaltante, ma pensare di costruire il socialismo sull'onda di una piena mi sembra leggermente ingenuo ...

Bastò questo, se mai avessi avuto dei dubbi, a farmi capire che ero nel posto giusto, in un partito di teste pensanti, che sapevano coniugare la storia con l'ironia, atteggiamento che il mio amico non ha abbandonato neppure oggi. Certo, è vero che altri compagni della sezione universitaria, ironici, colti e apparentemente moderati anch'essi, qualche anno dopo, finirono coinvolti nel rapimento Dozier[22] o comunque arrestati come militanti delle Brigate Rosse o di Prima Linea. Gente colta, ragionevole da tutti i punti di vista. Che scimmia gli era esplosa nel cervello? Non ne ho idea e non credo che lo saprò mai. E poi, confesso...

Bruno studia il bicchiere che ha in mano con l'aria un po' imbarazzata.

---

[22] Il Generale James L. Dozier, membro del Quartier Generale della NATO, fu rapito dalle Brigate Rosse nel dicembre del 1981 (tre anni dopo il rapimento Moro) e liberato da parte dei NOCS (nucleo operativo centrale di sicurezza, corpo creato nel 1878 con funzioni antiterroriste). Un evento clamoroso, all'epoca. Viene considerato l'inizio della fine delle Brigate Rosse.

- E poi c'era l'effetto "grande famiglia". Nel '69, nel PCI ci fu un dibattito chiaro, molto trasparente. I russi avevano invaso la Cecoslovacchia da un anno. Andavano appoggiati, scusati o accusati di tradire, loro, gli ideali del socialismo? Mentalmente avrei appoggiato coloro che sostenevano l'ultima tesi (per lo più intellettuali ingraiani, che di conseguenza furono radiati e andarono a fondare Il *Manifesto*), non amavo l'URSS e, come molti compagni, soprattutto tra i membri della FGCI, ritenevo che il socialismo reale fosse un regime liberticida e repressivo, ma come abbandonare la grande famiglia, il partito che era nato nel '21 e che aveva guidato la Resistenza?

- Ma se c'eri appena entrato!

- È vero, ma l'effetto grande famiglia era molto potente. Lo stesso Ingrao se ne guardò bene dal seguire i suoi amici in quell'avventura scissionista. Scissionista, il più definitivo anatema di cui un comunista potesse essere accusato, in Italia, o sanzionato mediante fucilazione, nella Santa Madre Russa. Alla fine, nemmeno tra le fila della FGCI ci furono forti scossoni.

- E che differenza c'era tra FGCI e PCI?

- Non lo so esattamente. All'inizio credevo che la FGCI fosse l'allevamento dei pulcini i cui migliori sarebbero in seguito entrati nel PCI. In genere erano più di sinistra ma io preferii, ormai adulto, iscrivermi direttamente al PCI. I membri della FGCI si riconoscevano perché ai Festival dell'Unità erano quelli che cantavano *Contessa*[23], non ricordo altro.

---

[23] *Contessa*, di Paolo Pietrangeli (1969). ... *Compagni, dai campi e dalle officine / Prendete la falce, portate il martello / Scendete giù in piazza, picchiate con quello / Scendete giù in piazza, affossate il sistema.* La musica era trascinante ma il messaggio decisamente contrario all'atteggiamento conciliante del PCI.

Brigitte controlla il pollo. Il *coq-au-vin* è pronto col suo tradizionale contorno di purè di patate. Con molta vergogna Brigitte ha usato però purè liofilizzato, colpa di un po' della sua pigrizia e un po' del suo amico che ne è comunque ghiotto.

- Un altro passo indietro: Brigate Rosse? Prima Linea? Che differenza c'era?

- Bri-Bri, lascia perdere i gruppi clandestini, neanche loro avrebbero saputo spiegarti le differenze soprattutto anche perché all'interno di ogni gruppo c'erano sottogruppi con idee diverse, che gemmavano e si suddividevano e magari si rifondevano, a non finire. Se all'inizio molti ebbero dei dubbi sulla reale matrice politica di questi gruppi, sarebbe bastato questa loro perpetua aspirazione alla scissione per dimostrarne la loro autentica natura di sinistra. E poi c'era l'Unione dei Comunisti Italiani, Servire il Popolo, i Nuclei Armati Proletari, il Movimento Studentesco di Milano, i Marxisti-Leninisti (suddivisisi subito in due o più correnti), Lotta Comunista, Autonomia Operaia, i Gruppi di Azione Partigiana di Feltrinelli ...

- Ho capito, Bruno, basta! E tu in mezzo a tutto questa confusione?

- Io gli unici estremisti che apprezzavo erano di sesso femminile e militavano per lo più tra le fila di Lotta Continua. A partire dal 1971 sbandieravano l'uso della pillola, erano più sciolte e disinibite delle compagne del PCI, frutto sia della diversa classe sociale che dell'ideologia vagamente anarcoide di LC. Anarcoidi ma rigidamente fedeli ad una legge inflessibile: con tutti ma non con uno del PCI.

- E quindi il tuo era un apprezzamento a senso unico, povero caro.

- E la tua Sandra, era del PCI o di Lotta Continua?

- Vogliamo andare avanti con le mie avventure di investigatore e lasciare perdere tutto il resto?

- OK allora, torniamo al morto che avevi scoperto.

- L'ho scoperto perché mi scappava pipì.

Brigitte ha capito che è inutile contenere le risposte di Bruno in un solco logico.

- Capisco, si limita a dire.

CAPITOLO 3 – il coq è in tavola e torniamo al morto

Quella sera era stata indetta una riunione ristretta per decidere della sorte di un certo Favini. Io ero arrivato prima e mi scappava pipì. Invece di usare l'orinatoio di via delle Badesse o il bar della Daria imboccai le scale della sezione sperando che il segretario fosse arrivato in anticipo. La porta era aperta, intravidi la sala delle riunioni vuota e mi precipitai a fare quello che dovevo.

Successivamente mi affacciai alla stanzina che fungeva da segreteria e quello che vidi non fu il segretario ma un tizio sdraiato in terra con un grosso buco nero al centro del petto e del sangue scuro, rappreso, tutto attorno. Il morto aveva gli occhi aperti e l'aria stupefatta. Solo un secondo dopo capii che non era il segretario ma un tizio che conoscevo di vista.

- E che facesti?
- Bri-Bri, lasciami leggere.

Mi affacciai per le scale in tempo per bloccare il Tocchini, il segretario della sezione che stava arrivando. Gli raccontai cosa avevo visto, lui si affacciò e non batté ciglio. Ora io esco, mi disse, e faccio salire un paio di compagni che si piazzino qui e non facciano entrare nessuno; poi io vado a telefonare al federale e tu vai a telefonare alla Polizia; fatto questo ci ritroviamo qui sotto ad aspettare. Non c'è altro da fare.

47

- Ho capito, il morto era il Favini, quello di cui dovevate decidere la sorte?

- Ma no! Il Favini era un membro della sezione del PCI che la domenica, invece di contribuire alla diffusione dell'*Unità* si dedicava a diffondere *Servire il Popolo* ovvero l'organo di uno dei vari gruppetti filo-maoisti del momento. Nemici del PCI, considerato un partito revisionista, e come quelli di Potere Operaio o di Lotta Continua ci giudicavano socialdemocratici venduti al potere dei padroni. Ma nessun veniva passato per le armi per ragioni del genere, non esageriamo! Non era il PCUS degli anni '30.

- Ok, ho capito. E quindi il morto chi era?

- Era uno che conoscevo praticamente solo di vista. Sapevo che era un operaio, tutto qui.

- L'operaio venuto dal Nord di Michela, quello con cui è esordito il tuo racconto.

- Perfetto Brigitte, se non altro sei stata attenta. Perfetta quanto il tuo splendido pollo.

La bottiglia di Pinot, la gemella di quella che era servita per cucinare, scorre libera, i cuori si allargano e i ricordi si fanno più incerti.

- Perché non hai detto ad Alexandre di venire anche lui?

- Perché lui è occupato con i suoi corsi di musica à Dijon. In questo periodo Insegna tutti i giorni e non è libero come me che ho degli ottimi assistenti e trovo sempre una scusa per fare un salto in Italia, lo sai benissimo! A fine mese tornerà a Parigi e vedremo.

- E poi, è vero, che ce ne faremmo, qui, di un suonatore di basso? Meglio un violinista la prossima volta. O un sassofonista.

Finito il pollo, il vino e il gelato all'amarena, Brigitte torna all'attacco prima che Bruno venga travolto dal sonno o ricominci a parlare dei mitici anni '60.

- Torniamo al '73. Eri iscritto al PCI per motivi più o meno futili, capiti in una Sezione del PCI non per parlare ma solo per pisciare. Lì ci trovi un tizio che conosci solo di vista, morto, con un buco nel petto. Possiamo andare avanti?
- Certo. Seguito a leggere. Queste sono le pagine del giallo che avevo iniziato a scrivere, anzi leggi tu, se te la senti.

Subito dopo arrivano i poliziotti, constatano, e sistemano il Tocchini, me e gli altri due i compagni nella stanza delle riunioni, guai a chi si muove. Dopo un po' arriva un poliziotto in borghese con un'aria incarognita da film giallo americano, cappello, cicca in bocca e Loden verde. Dopo un po' i Loden sono diventati due e alla fine arriva anche un dottore, almeno stando alla valigetta.

Con pazienza, Loden-1 interroga tutti, soprattutto me, con un taccuino in mano. Vuole sapere perché ero salito per primo, in anticipo. Glielo spiego e trascrive negli appunti.

Vedo il dottore alle sue spalle che si rialza con la sua valigetta; questo è freddo marmato, dichiara, è morto da un bel po'. Ci rivediamo all'obitorio di Careggi conclude rivolto a Loden-1. Chiude la valigetta e scompare.

Loden-2 si aggira nei dintorni, poco interessato al cadavere. Scende per strada, risale, non sembra fraternizzare né con gli altri poliziotti né con Loden-1.

Loden-1 si accinge a far raccogliere le mie generalità per esteso da uno dei poliziotti in divisa, e a quel punto Loden-2 si avvicina alle mie spalle.

- Lei è il signor Bruno Falteri, anzi il dottor Bruno Falteri, giusto?

- Mi girai e per la prima volta ebbi modo di vedere con calma, da vicino, il secondo poliziotto. Naturalmente era il Bocca, e chi altri?

- Ma come, non hai pensato all'ispettore Callaghan o Philip Marlowe? E chi è questo Bocca?
Il Bocca era il Bocca e basta. Un funzionario della "politica".
- Ovvero?
- Vai avanti.

Il Partito aveva uno strano rapporto con le forze dell'ordine. I poliziotti erano i servi dei padroni, per gli uni, e i comunisti erano tutti potenzialmente sovversivi e nemici dello Stato, per gli altri, ma in realtà esisteva un reciproco riconoscimento, quel tipo di rapporto che si instaura tra avversari che, sia pur tra molte diffidenze, si rispettano reciprocamente. I rapporti più stretti erano quindi con i membri dell'Ufficio Politico, funzionari di diversi livelli, che conoscevano i compagni più importanti uno per uno, che s'incontravano e si salutavano con un cenno a ogni manifestazione di piazza e ad ogni sciopero. Il Bocca era sempre dappertutto e si riconosceva bene perché viveva con un loden verde, anzi, dentro un loden verde (era lecito sospettare che in luglio e agosto se ne liberasse ma, in quei mesi, il mare o le vacanze in Grecia attraevano i giovani di sinistra, a cominciare dal sottoscritto, più delle piazze fiorentine). Il soprannome gli derivava dal fatto che aveva una ragguardevole chiostra di denti, perennemente esposta grazie a un sorriso stampato sul volto, sempre uguale, qualunque cosa succedesse, a chiunque si rivolgesse.

- E ti conosceva per nome?

- Un servizio efficiente, a quanto pare. Considera anche che io ero un signor nessuno, ero un qualunque iscritto al PCI, tutto qui. Ancora un caffè?

- Leggi tu però.

Lungo le scale si erano ormai accumulate una ventina di persone e gli ultimi capirono poco della situazione (un morto o due? Il Tocchini? No lui ce l'ha fatta, è morto uno studente. I fascisti? Forse, ma non si sa? Di certo è una provocazione, compagni, non dite nulla state zitti, mi raccomando) ma ubbidirono e scesero in piazza ove la voce di una sparatoria con vari morti (forse un compagno ucciso dai fascisti) fece presto il giro della piazza.

Il Bocca conosceva tutti, era il suo mestiere.

- Dottor Falteri, mi scusi, posso chiederle qualcosa?

Devo riconoscere che fui colpito dal fatto che conoscesse il mio nome, che mi desse del lei e non solo mi chiamasse dottore con aria gentile ma addirittura mi chiedesse il permesso di farmi una domanda. Era freddo, era dicembre, il Loden era più che giustificato ma il suo tono era inaspettato.

- Certo, faccia pure, gli risposi, e con aria provocatoria gli chiesi notizie del suo collega, quello col cappello. Si schernì, col sorriso sempre innestato, ed io insistetti.

- Durante le manifestazioni di piazza lei è sempre ben visibile ed esposto - gli dissi, - però ho osservato che occasionalmente lei lancia delle brevi occhiate a un tizio lungo, secco, con un berretto malconcio.

Volevo fargli vedere che ero furbo anche io ma, con gli occhi d'oggi, avevo solo fatto una figura un po' infantile, diciamoci la verità. Secondo il suo stile, quello che avrei imparato a conoscere in seguito, il Bocca non rispose, non allentò né lo sguardo né il sorriso e passò a farmi le domande che gli stavano a cuore.

- Il defunto dovrebbe chiamarsi Piero Peretti, di Genova, di anni 28, almeno stando ai suoi documenti.

La sua non era una domanda né io avevo nulla da aggiungere.

- Un morto nella gloriosa sezione del PCI, Spartaco Lavagnini, farà notizia e domani sarà su tutti i giornali - mi disse, - già in piazza, ora, si sta formando un piccolo assembramento e c'è già chi parla di un omicidio politico, qualunque cosa voglia dire.

Ancora non era arrivato alle domande. Aspettava un mio commento finché alla fine in rapida successione mi chiese cosa pensassi di quell'omicidio, perché proprio questo Piero e perché proprio lì.

Non seppi cosa dire, non penso nulla gli risposi, mentendo però in maniera così poco convincente che il Bocca tornò alla carica.

- Senta signor Falteri, mi disse, ancora l'indagine non è ufficialmente iniziata e il giudice istruttore verrà solo tra un po'. Lui e la squadra omicidi si occuperanno di scoprire chi lo abbia ucciso e perché; io, per il momento, vorrei solo capire cosa faceva quest'uomo nella vostra sezione. Non era iscritto al PCI e nelle vostre assemblee studentesche non simpatizzava certo per i vostri colleghi del PCI. In piazza seguiva i cortei di Lotta Continua ma anche quelli indetti dalla CGIL, alle manifestazioni lo vedevo sempre con una ragazza di Potere Operaio. Cosa poteva mai cercare in una sezione del PCI, di mattina? Chi lo ha fatto entrare? Mi hanno appena detto che il locale normalmente di giorno è chiuso.

Gli spiegai che forse era stato spinto lì dalle stesse ragioni che aveva spinto me un paio d'ore prima. Il sorriso di Bocca si allargò di un paio di millimetri

- Ma chi gli avrebbe aperto? E perché proprio nella sezione visto che tutti andavano dalla Daria, bastava prendere un caffè, o più spesso all'orinatoio dell'arco delle Badesse?

Non seppi cosa rispondere.

- Signor Falteri, riprese l'uomo, lei è un giovane intelligente e sa sicuramente cosa sta succedendo in Italia.

Gli dissi che leggevo il giornale tutti i giorni e che non avevo molte altre informazioni. Secondo lei cosa sta succedendo, gli chiesi a mia volta.

La risposta del Bocca mi suggerì che non me la sarei cavata così semplicemente.

- Da un anno, riprese il funzionario, avete un nuovo segretario del Partito, un bravo sardo, ragionevole e già molto amato. Ma ancora pochi anni fa, lei sa benissimo, ci sono state tensioni in Italia, non da poco, e forse ci sono ancora. Possiamo parlarne a quattr'occhi? Domattina da Seracini, il bar di Piazza SS Annunziata? le sarei molto grato se potessi incontrala verso le nove per far due chiacchiere liberamente.

Il Bocca godeva di un'altra caratteristica: compariva dal nulla e scompariva in maniera altrettanto improvvisa, come quella volta, lasciandomi libero di andare e di mescolarmi con la piccola folla in piazza dove dovetti spiegare che il morto era uno solo, non era uno dei nostri compagni ed era stato ucciso probabilmente la mattina. Tutto il resto erano solo chiacchiere.

Il segretario della Sezione, il Tocchini, aveva parlato con i dirigenti della Federazione che avevano suggerito prudenza su tutti i fronti e di rimandare la riunione della sezione di lì a tre giorni. Un partito prudente che altro poteva suggerire! Compagni non raccogliete provocazioni, era la parola d'ordine che circolava per la piazza.

- Che è successo? - Mi chiese con fare imperioso un anziano dall'aria massiccia, intabarrato in un grande cappotto

53

scuro, e evidentemente amico del Tocchini con cui si era appena abbracciato.

- Bruno, ti presento il compagno Dado, Edoardo per l'esattezza. Brigata Fanciullaci[24]. Ci siamo conosciuto trent'anni fa a Cercina, armati solo di quello che avevamo prelevato da una caserma dei carabinieri!

- Ventinove, sono solo ventinove, non ti invecchiare più del necessario. Che è successo esattamente? Hai visto il morto? Lo hai riconosciuto?

- È stato ucciso un tizio, su, in sezione. Non un compagno, era uno che frequentava le assemblee studentesche. Pare sia successo stamattina, e questo è tutto, non so nient'altro.

- Un provocatore, non c'è dubbio - Dado fu categorico, - un provocatore fascista, sai quanti ne abbiamo conosciuti a suo tempo! E una grande pacca sulla spalla concluse il nostro dialogo fugando ogni dubbio, almeno da parte sua, mentre il Tocchini sembrava anch'esso convinto ma più che altro preoccupato, in fondo avevano profanato la sua Sezione, la Sezione Lavagnini, di cui era segretario.

Bruno ha la bocca secca e non ha più voglia di leggere. Si affaccia alla finestra, la notte ha avvolto di nero la città, già in uno stato di vita sospesa per colpa del lockdown. Il silenzio di Borgo Pinti è interrotto solo dal suono di qualche ambulanza che sfreccia verso il Pronto Soccorso di Santa Maria Nuova. La tramontana è così forte che a momenti si sente il rumore del treno sferragliare fin dalla stazione del Campo di Marte.

---

[24] Brigata partigiana, parte della divisione Garibaldi, operante nella prima metà del '44 nella zona di Monte Morello, che prese il nome da Bruno Fanciullacci, partigiano fiorentino (uno degli uccisori di Giovanni Gentile), gettatosi da una finestra di *Villa Triste*, sulla Bolognese, per sottrarsi agli interrogatori della Banda Carità da cui era stato già interrogato una volta.

Grazie a *you tube*, riversato sul televisore, Bruno si gode una lezione di storia sul Medio Evo di Alessandro Barbero, la sua ultima passione, mentre Brigitte per evitare di addormentarsi sul divano si ritira a si dedica a scambiare messaggi col suo Charlie Mingus francese.

CAPITOLO 4 – La cena del Ghianda

Montagna Pistoiese, Gennaio 1973

Gli amici si erano distribuiti alla distanza giusta e nei punti giusti, tutti sottovento rispetto ai cinghiali. Per quanto lontani l'uomo poteva udire i latrati di suoi cani e di quelli del Batacchi che avevano sicuramente avvistato le loro prede.

Un rumore alle sue spalle. L'uomo si girò.

- O te?

L'uomo comparso all'improvviso si limitò a rispondere - ci sono anch'io - e con una scarica di pallettoni da cinghiale trasformò la faccia dell'altro in una massa di sangue e frammenti d'osso.

Il rumore si perse nella valle assieme a quello di altri spari e ai latrati dei cani che si stavano avvicinando.

Firenze, 13 Dicembre 2020

L'odore del pane tostato e del caffè riescono a convincere Bruno ad emergere dalla sua camera. Sul tavolo di cucina brioche fresche, segno che Brigitte si era già alzata ed aveva raggiunto il vicino bar.

- Bene alzato commissario. Dormito bene? Chi era quel vostro nuovo segretario che piaceva tanto al Bocca? Il famoso Berlinguer, immagino?

A Bruno servono una manciata di secondi per riconnettere la domanda con la lettura della sera precedente.

- Brigitte, lasciamo riprendere fiato. Non usa più chiedere come ti senti, cosa hai sognato, considerare il clima e il colore del cielo, insomma cose del genere?

- Il tempo è lo stesso di ieri e dormire hai dormito sicuramente come un bambino. La tua storia mi sta appassionando e cerco di capire. Dovresti essere lusingato.

- Sono lusingato ma mi serve un caffè.

Il caffè arriva in pochi secondi.

- Certo, era Enrico Berlinguer.

- E le tensioni? Che voleva dire?

- Un po' di rispetto per il tuo vecchio amico. Le ciambelle non c'erano?

- Mi spiace, erano finite. Domani mi alzerò prima. Oppure provi tu, come vuoi.

- Credo che le brioche andranno benissimo.

- Allora, di cosa ti parlava questo Bocca?

- Le tensioni. Beh, era un periodo complicato. Una sera, nel 1970, la Federazione ci avvisò di non andare a dormire a casa, per un paio di giorni. Poteva essere veramente pericoloso? Io me ne fregai ma poco dopo si iniziò a parlare di una specie di golpe da parte di un gruppo di neofascisti al seguito Valerio Borghese che per poco non aveva funzionato.

- Un golpe? E questo Borghese chi era?

- Il Principe Junio Valerio Scipione Borghese, un vecchio fascista o un eroe di guerra, dipende. E poi c'era stata la strage di Piazza Fontana, la fondazione delle Brigate Rosse e dei primi gruppi estremisti clandestini; gruppi noti come Potere Operaio, Lotta Continua di cui ti ho già parlato, al cui interno alcuni settori stavano pensando di passare alla clandestinità.

- Ho capito, non esagerare con queste liste. Che altro ti disse il Bocca di queste tensioni? Questi sono i fogli che ieri sera avevi in mano. Leggo io?

- OK

Bocca, come al solito non rispose, si limitò a proseguire la sua esposizione.

- *La morte di Feltrinelli dell'anno scorso e la scoperta dei GAP[25] mostrano che vi sono forti tensioni a sinistra che il vostro partito non intende certo assecondare. L'assalto dei palestinesi alle Olimpiadi di Monaco ha mostrato ai colleghi tedeschi che esistono contatti tra i palestinesi e alcuni estremisti italiani. Questi ultimi hanno chiesto loro armi e periodi di addestramento in Medioriente, in Nord Africa, forse persino in Libia. Il vostro Partito seguita a parlare delle* sedicenti *Brigate rosse ma ormai tutti sanno benissimo che questi brigatisti sono effettivamente figli vostri. Se mi posso permettere l'espressione.*

Non aggiunsi nulla ma era chiaro che aveva ragione.

La sera restai a gironzolare nel quartiere fino a tardi, non c'era ragione al mondo per cui Piero fosse lì. Era entrato e per rubare le tessere del partito pronte per essere distribuite o magari quelle quattro lire del tesseramento custodite nella piccola cassaforte? O a prelevare la lista degli iscritti o addirittura a rimuovere qualche nome che non doveva comparire nella lista?

---

[25] GAP, Gruppi di Azione Partigiana, fondati da Giangiacomo Feltrinelli, attivi dal '70 al '72. Il nome era un calco dei Gruppi Azione Patriottica, nuclei di partigiani per lo più comunisti attivi nelle città durante la Resistenza, dal '43 al '45.

Come avesse fatto ad entrare lo scoprii per caso, un attimo prima di tornare a casa. L'Olga, la vecchia compagna che occasionalmente ripuliva la sezione e il gabinetto stava confabulando con la Beppina, nell'angolo della piazza.

La Beppina, e questa chi è?
- La compagna di Uccellone, quella della trattoria di cui ti ho parlato.
- OK.

Quest'ultima consegnò alla prima qualcosa che l'altra stava reclamando con gran forza. Qualcosa che luccicò per un secondo e che avrebbe potuto essere una chiave. L'Olga aveva una chiave della Sezione, tanto quanto il segretario e forse il responsabile dell'amministrazione, certo, ma forse anche la Beppina ne aveva una copia, per se stessa (non poteva andare all'orinatoio per uomini né al bar Daria, una questione di concorrenza), e per qualche cliente affezionato. La Beppina doveva aver convinto Olga a fornirle una copia. La cosa doveva essere segreta ma si vede che Piero gliela aveva chiesta con un bel sorriso e lei gliela aveva passata.

- Ci mandi spesso la gente a pisciare in sezione? - le chiesi, - mentre stava chiudendo il modesto locale. Mi guardò senza rispondermi.

- Gliela hai data tu la chiave, al tizio che è morto, tu o Olga?

Mi mandò a fare in culo e la conversazione, per il momento finì lì.

- I tuoi appunti sono un po' noiosi, invecchiando sei migliorato te lo concedo. Il tuo racconto era esordito con la disperazione di Michela raccontata da una certa Rossella. Che c'entrano con il morto?

- Io sarò noioso ma tu di distrai.

- È colpa tua che salti troppo da un argomento all'altro.

- Michela era la ragazza del morto. Tornava in treno da La Spezia e Rossella era andata a prenderla alla stazione. Era molto amica e voleva essere lei la prima a darle la notizia della morte di Piero.

Piero era ligure e sua sorella o un'amica aveva un locale vicino a La Spezia, pare a Portovenere, dove occasionalmente aveva bisogno di un aiuto. Michela era intelligente, studiava lettere, parlava tre lingue e sapeva muoversi bene con i clienti. La pagavano bene e nei week-end andava a fare la cameriera da quelle parti, con un contratto regolare, almeno questo è quanto aveva raccontato a Rossella. Qui a Firenze nessuno ti prendeva solo per due o tre giorni e in ogni caso mai con uno straccio di contratto.

- E perché hai scritto che Piero era il suo operaio venuto dal Nord? Che voleva dire?

- Dal '68 in poi le assemblee studentesche anelavano a una specie di mistico incontro con la classe operaia a cui si sentivano destinate e da cui sarebbe scaturita la liberazione dell'intera società dal giogo del capitalismo. Lo slogan più ripetuto e forse più vacuo, "operai studenti, uniti si vince!", "Studenti, operai, uniti nella lotta!"

- Come in Francia.

- In realtà, ti parlo dell'Italia, nel 1970 era stato approvato lo Statuto dei Lavoratori, frutto di un lungo lavoro di deputati socialisti e democristiani, con l'astensione del Patito comunista. Fu una grande conquista dei lavoratori italiani e la presenza di chiassosi studenti alle manifestazioni della CGIL era sempre stata poca cosa. Anzi secondo molti di loro, la CGIL il PCI facevano parte dei traditori della classe operaia, che avevano venduto per un piatto di lenticchie la possibilità di trasformare il paese in un paese comunista.

- Bruno torniamo al morto. Non ti mettere ora a fare il moralista con cinquant'anni di ritardo.

- Beh, quando questo Piero arrivò a Firenze, si sparse la voce che era un vero operaio, aveva lavorato a Genova, nel porto e a Torino alla FIAT da cui era stato licenziato per il suo atteggiamento di insubordinazione.

Era a Firenze sperando di trovare lavoro, dichiarò, alle Nuova Pignone o forse alla Galileo. Era in attesa di una risposta. Di questo non importava nulla a nessuno, l'importante era annunciare che finalmente in quell'aula, quel giorno, in quel momento, si stava realizzando l'unione tra gli studenti e la classe operaia; gli studenti tanti, l'operaio uno solo, ma un operaio vero. Compagni, oggi abbiamo un vero operaio tra noi! Ricordo ancora un'assemblea nell'aula di scienze in Piazza San Marco, in cui la cosa venne annunciata con grande entusiasmo e accolta da uno scroscio di appalusi. Un evento, rivisto con gli occhi d'oggi, un po' penoso.

Bruno ha smesso di parlare e si aggira per la casa cercando di farsi un altro caffè. Brigitte lo lascia riprendere fiato.

- E allora?

- Allora nulla. Lasciamo perdere Brigitte, riascoltando tutte queste storie mi sembrano solo sciocchezze, ma a chi vuoi che possano interessare queste cose...

- Bruno, smettila con questi improvvisi attacchi di depressione. Anche se non interessassero a nessun altro me interessano e in ogni caso l'operaio venuto dal Nord è morto. Questa è la storia che dovresti scrivere, o no?

- ... Forse sì.

62

- Coraggio, smetti di sospirare, smetti di fare l'ipocrita per farti commiserare e vai avanti.

- Va bene, agli ordini. Torniamo al Bocca.

Il nostro incontro avvenne in piazza SS Annunziata, al caffè. L'uomo si limitò ad un caffè (due bustine di zucchero) mentre io mi feci fuori un cappuccino e due brioche, una dopo l'altra. Dopo essersi limitato a ostentare il suo sorriso il poliziotto mi fece uno strano discorso in cui voleva convincermi che lui era, sì, della polizia, ma l'unica cosa a cui era interessato era capire cosa stesse succedendo in certi ambienti e prevenire possibili sviluppi.

- Parliamoci chiaro - esordì, - in Italia si stanno muovendo forze nemiche tra loro e nemiche di questa società. La strage di piazza Fontana di cinque anni fa aveva una matrice di destra, anche se all'inizio i miei colleghi milanesi l'hanno presentata come frutto degli anarchici locali.

L'uomo si concentrò sulla tazzina e sui residui dello zucchero che voleva recuperare fin in fondo.

- L'hanno presentata? Gli è stato ordinato di presentarla così - lo interruppi, - e per convincere tutti hanno persino buttato di sotto un poveraccio, proprio dalla finestra della Questura[26].

Il sorriso del Bocca non fu nemmeno sfiorato dal mio commento acido.

---

[26] Giuseppe Pinelli, a 16 anni staffetta partigiana, anarchico, trattenuto nella Questura di Milano in quanto sospettato della strage di Piazza Fontana a Milano (12 Dicembre, 1972) Morì cadendo dalla finestra della Questura. Suicidio, dichiarò la Polizia; malore, dichiararono gli inquirenti; omicidio, per i suoi familiari e compagni nonché per l'opinione pubblica di sinistra.

- Ma quindi chi era stato? Domanda Brigitte che tornerebbe volentieri a parlare dell'operaio morto ma ormai ha capito che deve subire il modo un po' incoerente di raccontare dell'amico Falteri, - chi furono gli autori della strage di questa Piazza Fontana?

- Quelli di *Ordine Nuovo*, un gruppo di neo-fascisti, e in ogni caso non certo gli anarchici, come a caldo aveva intuito persino Indro Montanelli.

Poi Bruno fruga tra le sue carte ed estrare un foglio.

- Ecco, leggi questo, dice all'amica mostrando un paio di pagine dattiloscritta su cui Brigitte si butta.

Mi scusi, signor Falteri, ma vorrei parlare solo di cose che so con certezza. Lasciamo le ipotesi ad altri o ad altri momenti. Nel '68 la strage di Piazza Fontana, di destra, glielo concedo, forse da parte di gruppi legati a Ordine Nuovo. Nel '69 gruppi di studenti dell'Università di Trento fondano le Brigate Rosse e l'anno dopo Feltrinelli salta per aria per colpa di una carica di tritolo, svelando l'esistenza dei GAP, armati e in parte già in clandestinità. L'anno scorso tre carabinieri sono stati uccisi da una banda di Ordine Nuovo, a Peteano. Ma non basta, l'anno scorso c'è stata la strage di Monaco con gli atleti israeliani uccisi da un commando di palestinesi. I palestinesi erano ben armati, ben addestrati e, stando ai nostri colleghi tedeschi, in Siria o in Libia hanno anche creato campi di addestramento che condividono con i terroristi della RAF[27] e forse, già da ora, anche i membri delle BR.

A questo punto gli chiesi cosa c'entrassi io con tutta questi eventi e gli chiesi se non pensasse davvero che le BR e i GAP

---

[27] RAF, Rote Armee Fraktion, il gruppo terrorista tedesco più attivo e longevo (1970-1998) fondato da Andreas Baader e Ulrike Meinhof. Arrestati nel '72, nel '76 e nel '77 i due furono dichiarati morti per suicidio.

fossero la lunga mano del povero Partito Comunista Italiano, come sosteneva certa stampa di destra.

IL Bocca scosse lentamente il capo.

- Lei non ha capito, mi disse, ora mi spiego meglio.

In effetti il Bocca l'aveva presa larga ma il concetto era semplice. Molta giovani saranno attratti dal terrorismo e finiranno sempre di più per essere convolti dai gruppi clandestini, come sta succedendo in Germania. Sono nemici dello Stato almeno quanto del suo PCI visto che vi giudicano servi dei padroni e venduti al capitale.

C'era del vero, dovetti ammettere, e finalmente cominciai a capire dove voleva arrivare.

- Ai gruppi neofascisti ci pensiamo noi, mi disse, ma ci servono piò occhi e orecchi negli ambienti di sinistra. Occhi e orecchi di persone ragionevoli, di persone di cui possiamo fidarci e che condividano i nostri stessi obbiettivi: bloccare il terrorismo che sta nascendo, prima che dilaghi.

- Ovvero vi serve una specie di spia, replicai.

Il sorriso del Bocca si appannò per un secondo.

-Diciamo che abbiamo degli interessi comuni. I vertici del suo Partito sono sicuramente in contatto, per quanto indiretto, col Ministero degli Interni, non facciamo gli ingenui, ma anche qui, nel nostro piccolo, poterci scambiare qualche informazione potrebbe essere utile. Firenze non è una grossa città industriale, è tranquilla e ben controllata da noi e ... dal vostro partito, per fortuna, aggiunse allargando il sorriso di pochi millimetri, lo sappiamo.

- Ok, d'accordo.

- Ma, ad esempio – riprese il Bocca, - già quattro o cinque anni fa, nella sezione universitaria, un suo collega voleva inserire all'ordine del giorno un plauso alla prima bomba al plutonio cinese, dichiarando che per quella sera lui voleva parlare solo di quello.

Mi complimentai col Bocca (ricordavo perfettamente l'episodio perché ero stato presente alla riunione in questione) e obbiettai che evidentemente la Questura di Firenze aveva già chi gli forniva le notizie giuste e non aveva certo bisogno di un'altra talpa.

Il Bocca si schernì, a quanto pareva, la storia gli era stata raccontata sotto forma di aneddoto dallo stesso funzionario del PCI che aveva presieduto la riunione. Nulla di straordinario, siamo amici da una vita, non si preoccupi, concluse.

Alla fine il mio interlocutore arrivò al morto da cui il nostro incontro aveva avuto origine. Cosa facesse e chi fosse esattamente quel Piero lo avrebbe presto scoperto la squadra omicidi della Questura, quello che il Bocca mi chiedeva era di raccogliere informazioni diverse; che tipo di reazioni avrebbe suscitato la cosa nei giorni a venire, e da parte di chi? Quel Piero mangiava spesso alla mensa universitaria, aveva degli amici arabi o iraniani? Aveva o aveva avuto contatti con i compagni più estremisti o facinorosi?

- Notizie del genere, mi capisce dottor Falteri, nulla di importante, ma notizie che solo uno come lei potrebbe raccogliere.

Cominciavo a capire la cosa, certo ma non capivo perché avesse fatto questa proposta proprio a me.

- Perché io la conosco da tempo e ho stima di lei - mi rispose, - perché so che finché l'interesse del suo Partito, del Paese e del mio lavoro coincideranno, lei sarebbe la persona giusta a cui rivolgersi, tutto qui.

Potevo dire di no, ero libero. Ero libero di dirgli di no e così feci.

- E quindi la cosa finì lì?

- No. Non finì lì perché anche se non me la sentivo di dichiarare che ero pronto a fare la spia, il Bocca mi aveva convinto, e decisi che se volevo potevo cercare di scoprire qualcosa per conto mio, cercando di usare un po' di cervello.

- Ora sì che ci siamo. Coraggio, il giovane investigatore è pronto a partire. Ti comprasti una lente d'ingrandimento e un cappello adatto al tuo ruolo?

- Bri-Bri non fare la scema e smetti di prendermi in giro.

- Non so se mi divertono più le tue considerazioni di oggi o il tuo disordinato diario di ieri.

- Vai avanti.

Piero non aveva un'aria minacciosa, non era il tizio che si appresta a partire per la Libia per imparare a maneggiare il tritolo né per entrare in clandestinità. Ripensandoci, era troppo equidistribuito tra le ragazze di Lotta Continua e di Potere Operaio per essere un vero membro di una di questi gruppi.

Il giorno dopo, andai a cercare Rossella, all'uscita della scuola media i cui insegnava da pochi mesi. Le chiesi come Michela avesse reagito alla notizia e questo te l'ho già raccontato. Le chiesi poi cosa pensasse in realtà di Piero e se sapesse dirmi qualcosa di più oltre a quel poco che tutti sapevano.

- Secondo me - dissi a Rossella, - la cosa più ovvia era che Piero fosse all'opera per conto della Polizia, era troppo equidistante da tutti ma sempre presente ovunque. Chi era esattamente, da dove era saltato fuori?

- Il suo ruolo a questo mondo - mi ripose Rossella, - era quello di rappresentare il metalmeccanico del nord e di campare a ufo alla mensa universitaria, dove qualcuno gli offriva sempre un pranzo o una cena, e di dormire da quelle studentesse o ex-studentesse che disponessero di un letto libero.

Le ragazze che vivessero da sole non erano molte, allora, ma quelle indipendenti avevano un grande cuore operaista mentre Piero era ideologicamente aperto, senza preclusioni.

Brigitte smette di leggere.
- E Michela era una di queste?
- Alla fine Michela era quella che era riuscita a tenerselo stretto. Ne era fortemente innamorata e nonostante stesse per laurearsi in lettere, alla fine rimandava sempre la tesi per correr dietro al suo Piero, per stargli appiccicata come una sanguisuga, almeno secondo Rossella. E in più Michela non era certo la più bella delle molte ragazze che giravano attorno al mitico operaio, anche se lui, sempre a detta di Rossella, con Michela sembrava appagato. Tieni amica mia, leggi un altro po'.
Bruno ha estratto altri due fogli da quelli che ha in mano.

Il quadro che mi stavo facendo di Piero non era quello di uno in cerca di lavoro. Forse aveva ragione il Bocca, forse questo Piero stava davvero facendo qualcos'altro a Firenze, che non fosse scoparsi ragazzine avventurose o, da qualche mese, la sola Michela. Ripensandoci, questa Michela io l'avevo vista poche volte e sempre con Rossella. Sapevo che era romagnola o emiliana e che accanto alla bella pugliese spiccava per la sua modesta presenza, i brutti occhiali, i suoi silenzi e lo sguardo di ammirazione, quasi di devozione, che rivolgeva all'estroversa amica.

Mi piazzai per un paio di giorni al Bar di S. Marco, centro di smistamento ove si fermavano tutti quelli che tornavano dalla mensa o sostavano in attesa di andarci.

- Ma tu che lavoro facevi in quel periodo? - Brigitte interrompe nuovamente la lettura - Chi ti campava?

- Avevo 28 anni, i miei mi passavano qualcosa che integravo con lezione private e inoltre avevo una piccola borsa di studio per una ricerca sull'interpretazione di Noam Chomsky delle lingue creole; insomma, volendo, avevo un sacco di tempo disponibile. Vado avanti.

Facce di turisti e passanti anonimi e facce note, ognuna con un colore politico. Facce belle o bellissime (le studentesse iraniane, rigorosamente nemiche dello scià, di colore probabilmente marxista-leninista, ma poco dedite a fraternizzare con gli italiani in genere), gruppi di ragazzine dei vicini Licei classici che si atteggiavano a rivoluzionarie in carriera, in attesa di incrociare qualcuno dei dirigenti di Lotta Continua (la discriminazione sessuale tra i dirigenti, rigorosamente maschi, e le seguaci o addette al ciclostile, tutte femmine, era la norma, indipendentemente dall'intensità di rosso della setta politica di riferimento).

Faruk era siriano, un sorriso accattivante, studente dell'Accademia, non particolarmente interessato alla politica e più in generale a qualunque cosa accadesse prima delle undici di mattina, meglio mezzogiorno. Anzi, più ostile che disinteressato alla politica. Nel '67, alla fine della guerra dei sei giorni, l'avevo sentito esprimere commenti più che sarcastici, scuotendo ripetutamente il capo, su quanto gli arabi fossero cialtroni, illudendosi di potercela fare contro Israele, il tutto a commento di una foto sul giornale che mostrava un carrarmato egiziano abbandonato in pieno deserto.

Stando ai romanzi di avventura di Segretissimo o di George Smiley, Faruk con quell'aria scettica e disinteressata poteva essere proprio la persona giusta per stabilire contatti con l'OLP[28] se, come sembrava accertato, l'OLP si stava davvero avviando a diventare una fucina di terroristi italiani e tedeschi.

Trovare Faruk non fu difficile, bastava aspettare mezzogiorno al Bar di S. Marco. Nemmeno entrare in argomento fu difficile. Non sapeva nulla, non sapeva della sezione del PCI né sapeva del morto. Lui leggeva solo i giornali avanzati sui tavolini del caffè e solo quando ne aveva voglia, dichiarò con l'aria soddisfatta e un po' assonnata di che si è appena alzato. Gli raccontai quanto era successo e gli descrissi un po' il morto e alla fine ricordò di chi si trattava. Lo aveva visto più volte, assieme a Michela, quella ragazza che abitava lì dietro, in via Martelli, ora se lo ricordava. Secondo Faruk i due abitavano assieme ma poteva anche darsi che la ragazza se ne fosse andata perché non la vedeva più da quelle parti, o forse lavorava. Gli orari di Faruk erano poco adatti a fargli incontrare persone che lavorassero a tempo pieno.

- Brigitte, l'hai visto quella schizzo a matita che tengo nella libreria?

- Ce n'è più d'uno.

- Quello col mio ritratto. Me lo fece Faruk in pochi minuti, proprio nel corso del colloquio di cui stai leggendo.

- Quindi, un giovanotto pigro, reclutatore di terroristi e simpatico artista. Un personaggio affascinante.

- Non correre troppo con la fantasia. Il resto è, almeno in parte su questi fogli, leggi pure se ne hai voglia.

Brigitte scorre le pagine che il Falteri le ha passato e riprende a leggere.

---

[28] OLP, Organizzazione per la Liberazione della Palestina, fondata a Gerusalemme nel 1964

Insistetti nel raccontare a Faruk dell'omicidio e a spiegargli che nessuno capiva cosa diavolo facesse Piero in quel posto. È probabile, gli dissi, che la Polizia vorrà presto interrogare tutti quelli che in un modo o nell'altro lo hanno conosciuto. Magari anche di vista. Alla parola polizia il volto del ragazzo si rabbuiò, mi consegnò un foglio su cui, mentre parlavo, aveva schizzato il mio ritratto e mi chiese di pagargli il cappuccino e i bomboloni. Ne aveva mangiato uno ma uscendo ne afferrò un altro e da lontano fece un cenno al cameriere, indicando me. Partì in direzione di via Battisti, ovvero verso casa sua, in via della Pergola.

La Polizia lo aveva allarmato? Che diavolo poteva trovargli in casa? Forse erba o altre sostanze illecite? Lui non si faceva certamente, c'erano altri giri, dalle parti di S. Pierino o di Santo Spirito, luoghi che lui evitava con cura (troppi intellettuali, diceva); non fumava nemmeno. Dentro di me scuotevo il capo, a Faruk piaceva dormire a lungo, piaceva disegnare, piacevano le americane o le tedesche che riusciva a rastrellare (a cui lui piaceva grazie alla sua aria dolce e dimessa) e non aveva l'aria di essere dedicato a nessun'altra causa che non fosse il suo semplice e beato sopravvivere.

Alla mensa universitaria si stavano già radunando i giovani di Lotta Continua pronti a stilare ordine del giorno sulla matrice politica della morte di Piero. Uno striscione era già pronto: "Piero Peretti, operaio, ucciso". Mancava solo da decidere da parte di chi e perché.

Sotto, un altro cartello: "unità della sinistra di classe". Forse un invito rivolto a Potere Operaio che si stava scindendo per l'ennesima volta? I grandi cervelli del marxismo duro-e-puro di PotOp, quelli che accusavano Lotta Continua di spontaneismo e anarchismo, stavano ora spaccandosi ma che c'entrava tutto questo con la morte di Piero?

71

Chi cominciava a non essere così sicuro che Piero fosse un compagno veniva tacitato, l'idea che potesse essere un infiltrato della polizia veniva scartata dato che Piero era evidentemente un operaio, un vero operaio. L'evidenza consisteva solo nel fatto che questo era quanto Piero aveva più volte dichiarato in pubblico e svariate volte in privato, ma dato che le compagne che avevano raccolto questa confessione tra le loro lenzuola erano ovviamente le più accanite testimoni della buona fede del compagno Piero, alla fine furono i neofascisti ad essere individuati come i mandanti dell'omicidio. Una vera esecuzione, decisero, per bloccare sul nascere l'alleanza studenti-operai, era ovvio.

Era ovvio, ed era anche altrettanto ovvio che la cosa non fosse convincente. Le morti di questo tipo dovevano corrispondere a individui che potevano rappresentare un simbolo, la cui morte potesse avere una valenza politica. Quale fascista poteva essere interessato a far fuori un signor nessuno come Piero? Era arrivato a Firenze ormai da qualche mese e non si era certo trascinato dietro drappelli d'operai sovversivi. Aveva avuto dei contatti con i palestinesi? Con i primi gruppi clandestini delle BR che poi avevano visto in lui un possibile traditore?

Telefonai al numero che il Bocca mi aveva lasciato. Il funzionario si presentò al bar di Seracini con il suo inossidabile sorriso su cui per un attimo vidi balenare l'espressione di una piccola vittoria, un solo attimo. L'uomo era furbo e fece di tutto per mantenere il suo atteggiamento accomodante ma io me ne accorsi, sapevamo ambedue di non aver stabilito nessun accordo ma era chiaro che l'accordo, tra di noi, si stava realizzando di fatto.

- Ti sentisti di aver tradito te stesso? Stavi diventando una specie di collaboratore di un questurino?

- Ma per carità! L'idea di scoprire qualcosa su questo assurdo omicidio e avere accesso alle informazioni di cui la polizia disponeva, questa mi attraeva, altro che! In fondo il mio interesse per la storia delle lingue si basava su prolungate e tediose investigazioni. Quelle che stavo facendo su Piero erano sicuramente meno tediose. Mi sentivo, come un bambino che passa dal monopattino alla moto, un po' esaltato; e un po' coglione, con gli occhi d'oggi.

- E che ti disse?

- Vai pure avanti. In fondo aveva un sorriso fasullo ed era un po' un coglione anche lui. Leggi ancora, non mi ricordo più nemmeno che successe a questo punto.

Dopo l'inevitabile piccolo rito iniziale (caffè, lui, e cappuccino con ciambella, io, il tempo è buono, lo studio va bene, il lavoro così e così) gli dissi del mio incontro con Faruk e del fatto che dubitavo in generale che l'omicidio potesse avere una matrice politica. Non seppi spiegargli bene perché e buttai lì che forse bisognava risalire alla vita precedente di Piero. Magari un vecchio conto da regolare.

Non disse né sì né no. Mescolò con cura il suo caffè per sciogliere bene le due bustine di zucchero, poi aprì un piccolo taccuino e iniziò a leggere. Piero Peretti, di anni 28, aveva lavorato per alcuni mesi in una fabbrica di materiale navale che forniva accessori vari alla Fincantieri di Sestri Ponente, da cui era stato licenziato; poco dopo risultava aver lavorato alla Magneti Marelli di Torino, per due mesi, fino alle sue dimissioni. Nessuna reazione da parte dei sindacati, in ambedue i casi. Si parlava del 69-70, mi fece notare il Bocca, in quel periodo, in fabbriche altamente sindacalizzate, non era facile licenziare un operaio.

- Ne conviene? Mi domandò il funzionario.

- Forse per motivi politici, azzardai.

- Motivi politici? Il Bocca commentò con ironia.

In realtà il Peretti era stato beccato ambedue le volte con le mani nel sacco. Non in quello dell'odiato padrone ma nelle tasche e negli armadietti dei colleghi. Nel secondo caso il Sindacato chiese che la rimozione di Piero potesse apparire come un trasferimento volontario, tutto qui.

Presi atto della cosa e me ne stetti zitto anche se queste ultime informazioni non spiegavano nulla, anzi, secondo me complicavano ulteriormente le cose. Chi era allora questo Piero, un provocatore? Un reclutatore per conto delle BR?

Chiesi al Bocca se avesse altre notizie; la risposta fu negativa ma decisi di chiedergli una cosa che mi era balenata in mente solo in quel momento, ovvero se non fosse possibile che Piero svolgesse il ruolo di provocatore o di informatore per conto di qualche altro servizio segreto italiano di cui né lui né la Questura di Firenze fossero al corrente. Per l'ennesima volta il Bocca, senza modificare il suo sorriso, non rispose e cambiò argomento.

- L'arma usata probabilmente è stata una Luger P08, calibro 9x19, dichiarò studiando la mia espressione, attendendosi da parte mia una reazione che mancò.

- Una pistola e non un fucile, quindi, fu l'unica mia acuta considerazione.

Il Bocca aveva i nervi foderati di burro, incassò la mia ardita conclusione, rimosse gli ultimi frammenti di zucchero depositati sul fondo della tazzina e mi chiese se sapessi cos'era una Luger.

Certo che avevo sentito parlare di quella pistola tedesca, ma la cosa non mi diceva nulla di più. Il Bocca abbandonò la tazzina al suo destino e con pazienza mi spiegò che si trattava di un'arma famosa, non più in produzione, ma che negli anni

'40 era stata uno dei trofei di guerra preferiti da parte degli Alleati e dei partigiani. La pistola tedesca per eccellenza, il trofeo di guerra più ambito da mostrare agli amici, anche se oramai era un modello che risaliva addirittura ai primi del '900.

- Quindi - Brigitte interrompe la lettura, - voleva farti pensare che l'autore dell'omicidio potesse essere un ex-partigiano?

- O un ex-soldato inglese o americano, il che mi sembrava implausibile. In realtà non era raro sentire dire dai compagni più vecchi che, finita la guerra e nonostante il perentorio invito di Togliatti, molte armi partigiane non furono riconsegnate alle forze dell'ordine ma ben nascoste da qualche parte e che nel 1970, con la voce del possibile putsch di Borghese, molte pistole e fucili fossero stati riesumati e, come minimo, unti e ricontrollati.

- Una volta, in Mugello – mi interruppe Brigitte, - feci amicizia con il proprietario di una tranquilla trattoria di campagna, l'hai conosciuto anche tu.

- Me lo ricordo, certo.

- Vendeva ottimo vino e beveva volentieri assieme ai clienti. Ecco! Questo è il risultato della rivoluzione tradita, mi disse una volta a proposito di qualcosa che era successo alla Bolognina, era chiaro che andava a finire così, dichiarò abbracciandomi. Ma da queste parti, noi le armi le abbiamo ancora tutte, cosa credi, concluse ridendo e brindando a Baffone. Credo che alludesse a Stalin ma dato che mi stava anche mettendo una mano sul culo lo salutai evitando di chiedere spiegazioni sul dove fosse questa Bolognina e soprattutto sulle armi.

- La Bolognina è il posto in cui il PCI nel 1989 decise di cambiare nome, ovvero di avviarsi verso un lento e doloroso suicidio. Il mito della rivoluzione tradita di cui ti parlava il nostro amico trattore è stato un mito ricorrente non solo in Mugello. Consisteva nel sognare che nel '45 sarebbe bastato non obbedire agli Alleati, non riconsegnare le armi, non interrompere quindi la rivoluzione iniziata con la Resistenza, e l'Italia sarebbe divenuta comunista. Come se gli eserciti alleati non si fossero già ampiamente insediati in Italia, un paese che non era nemmeno confinante con l'URSS, come se non fosse chiaro che, a Yalta, Baffone e gli Alleati si erano divisi le future zone d'influenza in Europa e come se i quattro anni di guerra civile in Grecia[29] e le migliaia di morti accanto a casa nostra, non fossero bastati a chiarire il destino di chi si azzardava a fare di testa sua.

Brigitte scuote il capo e si rimette a leggere

- Ma perché mai - chiesi al Bocca, - un ex-partigiano avrebbe dovuto scomodarsi a far fuori Piero, addirittura in una sezione dei PCI?

Anche ammettendo che Piero fosse una spia di Ordine Nuovo o un emissario degli amici di McNamara, qualunque compagno o ex-partigiano avrebbe dovuto cercare di smascherarlo e di denunciarlo, magari agli stessi dirigenti del Partito, piuttosto che ucciderlo. Chi proprio avesse avuto voglia di menar le mani aveva il MSI, Ordine Nuovo e Avanguardia Nazionale, per sfogarsi. Come quei poveracci bruciati vivo, a Primavalle, pochi mesi prima, da parte di un gruppo di Potere

---

[29] Guerra combattuta dal 1946 al 1949, tra l'esercito monarchico greco, aiutato da inglesi e americani, e un esercito di ispirazione comunista, filosovietico, ma di cui l'URSS si disinteressò. Circa 80.000 morti.

Operaio che aveva pasticciato con un innesco. Almeno queste erano le voci.

Il Bocca non rispose e mi domandò nuovamente di raccontargli cosa avessi chiesto a Faruk. Dopo che ebbi ripetuto tutto, il sorriso del funzionario fu lì lì per sparire.

Signor Falteri (degradato da dottore a signore) le avevo chiesto di riferire, se possibile, non di interrogare, mi disse con aria appena spazientita. Sa cosa è successo ieri sera? Siamo andati a casa del siriano (la sua amicizia con Piero ci era già stata segnalata dai baristi di Piazza San Marco) ma la casa era praticamente vuota, svuotata di fresco. Nella stanza di via della Pergola c'erano solo un letto disfatto e una saponetta in bagno. Evidentemente dopo il vostro colloquio il siriano si era insospettito e aveva pensato bene di sparire. Forse non da solo, abbiamo trovate anche l'involucro di un assorbente femminile, probabilmente americano.

Mi immaginai Faruk vagare senza meta, con le sue matite, i suoi taccuini Fabriano e una giovane americana al seguito, pronto a fuggire in Libia per addestrarsi a sparare. Non prima di mezzogiorno però; nessuno, nessuna causa al mondo sarebbe riuscita ad imporre a Faruk di alzarsi prima di tale ora ma tenni le mie obiezioni per me. Va bene, eviterò di fare domande, gli promisi, d'ora in avanti solo orecchie e bocca chiusa.

Gli chiesi cosa stessero facendo per ritrovare il siriano, loro e i Carabinieri, al che lui rispose con un vago "vedremo", innestato sul suo sorriso standard, e mi disse che probabilmente se ne stava occupando anche la polizia di frontiera, che qualcuno l'avrebbe trovato e bloccato di certo e che in ogni caso la cosa non era più affar suo. Né mio, in conclusione.

Non avevamo molto altro da dirci ma io da tempo ero curioso di scoprire di che altre cose si stesse occupando l'Ufficio Politico in quel periodo.

- Di che ci occupiamo? Di reati legati a moventi di carattere politico di ogni tipo - mi disse, -possibilmente cercando di prevenirli.

- Ma anche al di fuori del movimento studentesco?

- Certo - mi rispose (con un piccolo incremento di sorriso), - purtroppo non ci siete solo voi giovani a creare dei problemi. In questo periodo, ad esempio, il mio ufficio si sta occupando di un incidente di caccia che potrebbe aver una matrice politica.

Non commentai ma era chiaro che mi aspettavo un seguito.

- Un tizio è stato ucciso alle Piastre, poco sopra Pistoia, in uno strano incidente di caccia al cinghiale. L'uomo era stato un dirigente della Breda di Pistoia, era stato anche un noto aderente al Partito Fascista, prima, e alla Repubblica di Salò, poi. Pare che durante la guerra fosse stato responsabile dell'arresto di vari partigiani. I compagni di battuta erano comunque vecchi amici d'infanzia e andavano a caccia assieme con una tecnica ormai consolidata, da anni. Alcuni di loro erano probabilmente stati partigiani e forse gliela avevano giurata ma così è la vita di provincia, a caccia al cinghiale o si va tutti assieme o nulla.

- Ma chi lo avrebbe ucciso?

Il Bocca scomparve assieme a questa domanda e alla sua sintetica definizione della vita di provincia.

Naturalmente avevo mentito, la storia di Piero e la connessione con Faruk seguitavano a sembrarmi implausibili e non volevo certo smettere di fare qualche domanda a giro.

In piazza San Pierino nessuna si stracciava più le vesti per l'incidente di pochi giorni prima. Chi sosteneva che Piero era andato in sezione per rubare l'elenco degli iscritti e ricattare qualcuno mentre altri erano dell'opinione che il suo obiettivo fosse svaligiare la sezione dei fondi raccolti con l'ultima sottoscrizione per l'Unità.

Nessun oggi poteva però essere più ricattato per appartenere al PCI, veniva ribattuto, e nessuno al mondo rischierebbe di farsi beccare con le mani nel sacco da uno come il Tocchini (tre tedeschi uccisi con le granate ed uno di mano sua, con una baionetta, la cosa era nota a tutti) per quelle due lire presenti nella cassaforte (una misera scatola di metallo rinforzata, con un lucchetto a combinazione). E anche se Piero si fosse macchiato di ambedue le colpe, chi avrebbe dovuto essere il suo esecutore? Qualcuno del servizio d'Ordine del PCI? Quelli più tosti che conoscevo erano dei calcianti del Calcio in Costume, grandi come armadi e dalle mani dure e robuste come rami di rovere. Lo avrebbe trascinato per un piede giù per le scale, non risparmiandogli nemmeno un gradino, e alla fine l'avrebbero portato al Pronto Soccorso affermando che il ragazzo era un po' scivolato.

Se c'è un delitto, nei libri di Agatha Christie, le domande d'obbligo sono due, il cui prodest *e il* cherchez la femme. *È possibile che ancora nessuno ci avesse pensato? Bastava rileggere i classici del giallo, altro che terroristi internazionali.*

La cosa faceva ridere solo a pensarla e fece ridere anche Dado, il vecchio amico del Tocchini, che mi riconobbe mentre mi avviavo al bar Daria. Mi offrì da bere, mi chiese cosa studiassi o insegnassi e alla fine cosa pensassi dell'omicidio di quel Piero. Aveva notato la mia espressione ilare e dovetti spiegargli l'idea che mi stavo facendo.

- Corna, solo corna, secondo me, prima a poi troveremo che il ragazzo si era infilato nel letto sbagliato, gli dissi.

Mi guardò incerto, la pista terrorista lo attraeva di più. Mi chiese se ci fosse stata una qualche forma di rivendicazione. Non ne sapevo niente, risposi, un gruppo di marxisti-leninisti di Magistero aveva appeso un cartello che accusava il capitalismo di essersi macchiato del sangue dell'ennesimo operaio, ma la cosa sembrava finita lì.

- È una questione di corna, solo un marito geloso sale le scale e spara a un signor nessuno come Piero per poi filarsela via, - questa era l'idea che mi ero fatto, - insistetti.

L'uomo non sembrava convinto.

- Omicidi per colpa di corna non è roba da noi, Bruno, è roba da siciliani. Qui in Toscana le cose si sono sempre sistemate con un paio di schiaffi, magari belli robusti ma aspettare uno al varco inseguirlo per le scale e farlo fuori non è nello stile di queste parti. Questa la conclusione anche degli amici del Gambrinus.

- Il Gambrinus, e che diavolo è?

- Era una vecchia sala cinematografica, lussuosa, dove ora c'è l'Hard Rock Cafè.

- E gli amici del Gambrinus che cos'erano, un cineforum?

- No – dissi ridendo, - nemmeno un po'. Dal retro del locale si accedeva ad un'enorme piano interrato con una delle più belle sale da biliardo d'Italia. Non c'ero mai stato e una volta scoperta la mia lacuna Dado mi obbligò a visitarlo.

Al Gambrinus Dado aveva l'aria di essere molto amato e conosciuto da tutti, mi guidò attraverso i tavoli mostrandomi la differenza tra un tavolo da carambola ed uno da goriziana o da centoquindici, ogni volta salutato da qualcuno con un abbraccio o una stretta di mano. Mi fece vedere come si impugna una stecca (fino ad allora avevo giocato solo a boccette) mi fece fare un paio di tiri e mi fece innamorare del biliardo. Il giorno dopo, in un negozio di libri usati, trovai un delizioso manuale Hoepli sul biliardo e ne fui immediatamente affascinato. È ancora lì, Brigitte, se lo vuoi vedere è là, in mezzo a tutti quei piccoli manuale della Hoepli.

Brigitte si volta poco interessata verso la libreria.

\- Guarderò dopo, non disperdiamoci, Bruno, ti prego.

\- OK, torna pure a leggere.

Questo Dado mi raccontò che viveva di una pensione di operaio, di una piccola pensione di guerra e dell'affitto di un negozio a Firenze, che si era comprato con gli anni, una tintoria. Era vedovo dal '57 ed aveva una figlia con la quale aveva rotto da tempo (proprio rotto no, ci si sente di rado, ecco) e nella vita aveva fatto prima il tornitore alla SMI[30] di San Marcello Pistoiese e poi aveva messo su una piccola officina tutta sua. Ora se la godeva al Gambrinus arrotondando con il biliardo e, a quello che sospettavo, frequentando qualche signora che a sua volta arrotondava grazie alla generosità di Dado.

Ero affascinato, mi ritrovavo nell'ambiente del film Lo Spaccone*, qui a Firenze, senza aver mai sospettato che fosse proprio sotto la sala del cinema di prima visione che frequentavo regolarmente da anni, incredibile!*

Dado, girellando tra un tavolo e l'altro, mi raccontò che durante il primo dopoguerra, in attesa che la sua officina ottenesse gli indennizzi necessari a ripartire (era stata svaligiata dall'esercito tedesco), si si manteneva giocando a biliardo, carambola, goriziana, di tutto un po'. Mentre parlava fummo interrotti da un anziano giocatore, dall'aria avvizzita, con pochi capelli lunghi e bianchi, e pochissimi denti, che si rivolse a me.

\- Ragazzo, Dado è un grande uomo, lo sai? Ho sentito quello che ti stava dicendo, non è vero che si mantenne con quanto guadagnava qui. Incassava un po' di danaro, è vero,

---

[30] Società Metallurgia Italiana, a San Marcello Pistoiese produceva soprattutto derivati del rame.

ma anche montagne di promesse, ecco di che campava! E quando ottenne l'indennizzo e riprese a lavorare, sai cosa fece un giorno?

- Olinto, piantala! Dado cercò di interrompere l'amico anche se in realtà senza troppa convinzione.

- No, caro Dado, la storia la deve saper tutta, il tuo giovanottino. Dado venne qui, ci chiamò, me e tutti i suoi amici voglio dire - Olinto con le braccia aperte abbracciò tutta la sala ed io mi immaginai tutti i giocatori che posano le stecche e si avvicinano a Dado, - ci mostrò un pacco di "pagherò" che quasi tutti noi gli avevamo firmato. Li ammucchiò in un portacenere e dette loro fuoco, aggiungendo mezzo bicchiere di Vecchia Romagna, perché la fiammata fosse più viva e la vedessero tutti.

Dado sarebbe stato il mio prossimo eroe, decisi.

Problema Michela. Se dietro la morte di Piero ci fossero state storie di cuore, lei era la persona che sicuramente ne avrebbe saputo di più ma era introvabile, era tornata dai suoi genitori da qualche parte in Emilia. In alternativo potevo cercare qualche amico di Faruk e scoprire qualcosa su quel fronte. Oppure ancora ascoltare nuovamente Rossella. Scelsi Rossella ma purtroppo, una volta scansate le cacche di pecora, non riuscii a scoprire nulla di nuovo.

- Le cacche di pecora?
- È vero Brigitte, a quanto pare nel racconto tendo a saltare alcuni particolari! Qualcuno aveva regalato a Rossella-buon-cuore un agnello altrimenti destinato al macello. L'agnello la seguiva come una mamma e farsi tutto lo struscio di via Martelli, da Piazza S. Marco a Feltrinelli, con Pecorino che le belava dietro era uno show imperdibile che le faceva sopportare le piccole cacche nere e rotonde che venivano

disseminate ovunque, fuori e in casa. Per alcuni giorni. Poi Rossella-la-crudele regalo Pecorino a un fiaccheraio che avrebbe usato l'animale per tener compagnia al proprio cavallo, un vecchio cavallo che soffriva di solitudine. Insomma, l'agnello finì per fare il badante invece che in pentola.

- OK, torno a leggere.

Chiesi a Rossella, prima in maniera indiretta e poi a muso duro, cosa sapesse di Michela e del suo rapporto con Piero. Era possibile che Piero si vedesse anche con qualche altra donna, sì, ammise Rossella, ma solo in via teorica, lei personalmente non ne sapeva niente e sicuramente ancor meno ne sapeva Michela. Un marito geloso avrebbe potuto inseguire Piero per le scale e lasciarlo lì, perché no? – Quindi niente politica, solo corna? Mi chiese.

- Non ci sarebbe nulla di strano - risposi, - salvo il fatto che andrebbero trovate.

- Certo ma io, ti giuro non ne so nulla.

Rossella insomma non sapeva che altro dirmi o forse non aveva voglia di dirmi altro.

Le chiesi se sapeva che Piero era stato licenziato un paio di volte per furto, furto ai danni di altri operai.

- Certo che lo sapevo, lo sapevano tutti. Era stata una manovra organizzata dai padroni, con la complicità della CGIL, per allontanarlo a causa delle sue idee e della sua attività politiche. Come sei ingenuo! - commentò guardandomi con commiserazione.

Tutto era semplice per Rossella, salvo una cosa, le ragioni della mia insistenza nel raccogliere tutte queste notizie. Si incuriosì a tal punto a che fu lei ad assediarmi di domande, era curiosa di scoprire da dove venisse questo mio improvviso interesse per uno di cui ancora pochi giorni fa non conoscevo nemmeno il nome, cominciò a chiedermi da dove fosse comparsa questa mia voglia di scoprire l'autore del delitto piuttosto che le origini dell'indoeuropeo o del nostratico, di cui mi sarei dovuto occupare. Mi complimentai per i suoi ricordi mal digeriti di qualche corso di linguistica ed evitai di rispondere.

- Bruno, qui la faccenda si fa un po' noiosa. Brigitte ha interrotto la lettura.
– Non trovo i fogli successivi a quanto ho letto e la storia degli ex-partigiani è carina ma se questo racconto lo vorrai pubblicare, sarà meglio sfrondare un po'.
- OK, sei tu la redattrice-capo.
- E dagli amici di Faruk avevi scoperto qualcosa?
- In realtà ne conoscevo bene soltanto uno, quel Pio Carlone di cui ti ho parlato all'inizio.
- Quel pittore morto in Australia?
- Esatto.
Bruno fruga in un'altra pila di carte, scuote il capo, guarda l'amica stringendosi nelle spalle con aria contrita ma alla fine a quanto pare trova i fogli giusti.
- Eccoli, vai pure avanti.

Passai da Pio e scoprii che era partito in fretta e in furia per la Puglia. Jenny, la ragazza inglese che in quel momento viveva con lui, era un po' stupita. Sapeva che da lì a poco il suo amico sarebbe dovuto partito per Bari, ma invece, all'improvviso, Pio aveva fatto un pacco di vestiti, aveva arrotolato alcune tele ed era sparito assieme ad un suo amico. Le chiesi se l'amico fosse arabo; no, parlava fiorentino mi rispose; le descrissi Faruk ed ebbi la conferma, si quello carino con quegli occhi così dolci, era lui. Non era di Firenze? No, ma parlava fiorentino perfettamente.

Davanti al telefono della Daria, col gettone in mano, mi ritrovai incerto se indicare al Bocca la pista Pio Carlone o lasciar perdere. Pio odiava la politica, di questo ero sicurissimo, lo conoscevo da anni e non avevo dubbi. Che lui e Faruk potessero avere qualcosa in comune col terrorismo palestinese o con quello di casa nostra, era implausibile ma ormai ero in ballo e feci la telefonata. Sapevo che non sarebbe servito a nulla. Forse volevo solo far bella figura col Bocca? No lo so, mi sentii un po' un verme.

- Verme? Che sciocchezze. Avevi iniziato una collaborazione, punto e basta.

- A momenti mi ricordavo quelle interviste che vengono fatte ai vicini di casa e agli amici d'infanzia del serial killer di turno. Ogni assassino veniva definito come un amico qualunque, un tipo simpatico con cui uscire, un ragazzo normale, a volte un po' chiuso, tutto qui. Ma io quanto conoscevo davvero ciò che operava nel fondo dell'animo di Pio o di Faruk o dello stesso Bocca?

Brigitte ascolta in silenzio.

- Abel e Furlan, ti ricordi chi sono?

. No.

- Certo, avevi da nascere! Erano due serial killer di stampo neonazista che dal '77 all '84 hanno ucciso 15 persone, tra Italia e Germania. Secondo i vicini di casa e gli amici d'infanzia i due erano ragazzi normali, o al massimo un po' strani. Quanto erano normali o strani i miei amici?

- Lo erano?

- Ma no, Brigitte, erano normalissimi. Però ognuno di noi ha la sua dose di follia e quando guardi qualcuno da vicino, e rimuovi anche per un momento la simpatia e la complicità, quanto puoi essere sicuro di quello che ti sembra di sapere?

85

- Basta, non mi piaci quando fai questi discorsi. Per quanto ti guardi da vicino, in te, non ho paura di scoprire qualcosa che non mi piaccia, a parte il fatto che a volte sei noioso da morire e che non ti riesce a concentrarti su una storia senza divagare.

Brigitte ha appena telefonato per fare arrivare la cena a domicilio da parte degli amici del Ghianda e accende la radio, è l'ora di Fahrenheit, il suo programma preferito quando è in Italia.

Raindrops on roses and whiskers on kittens,
Bright copper kettles and warm woolen mittens,
Brown paper packages tied up with strings,
These are a few of my favorite things!

Brigitte canterella sulle note di *My Favorite Things*, la sigla del programma da anni[31].

- Forse non ti ho mai detto che nel luglio del '67 ero a Copenaghen. Grazie a Coltrane e sulle note di questo pezzo ho vissuto un'esperienza incredibile.

Brigitte guarda incuriosita il suo amico. Questa storia non l'aveva mai sentita, probabilmente anche questa volta si trattava di una storia che non avrebbe avuto nulla a che fare col morto ma ormai lo sguardo di Bruno si era acceso e lei non poteva deluderlo.

- Sentisti Coltrane?

---

[31] Gocce di pioggia sulle rose e sui baffi dei gattini / lucidi bollitori di rame e muffole di lana / pacchi di carta marrone legati con nastri / queste sono alcune delle cose che preferisco! Da *My Favorite Things* dal musical *The Sound of Music* di Richard Rodgers del 1959, da cui il film del '65, *Tutti assieme appassionatamente*. Il motivo venne interpretato nel '61 da John Coltrane, divenendo uno dei suoi pezzi più noti.

No, lui era appena morto. Al Montmartre Jazz club di Copenaghen suonava Dexter Gordon che ormai viveva in Danimarca più che negli USA. Arrivò la notizia della morte di Coltrane e Gordon attaccò con *My Favorite Things,* suonò con le lacrime agli occhi, suonò fino all'alba e con lui, a turno, altri musicisti; Il locale era scuro, fumoso, silenzioso e pieno di note allo stesso tempo. Gordon usò quasi solo il sassofono soprano, quello amato da Coltrane, con quello speciale *sound* nasale; solo un giovane bassista danese resse fino in fondo. Suonavano e Coltrane era lì, dicevano. Suonarono finché ebbero fiato e vita, suonarono finché il sole non fu alto, fino a quando il boss smise di offrire Tuborg a chiunque avesse sete e fino a che il vecchio danese abbracciò tutti uno per uno e ci buttò fuori. Te la puoi immaginare un'alba del genere?

- No ma sono contenta di aver ascoltato questa storia. La racconterò ad Alexandre, se lo conosco morirà d'invidia. E poi?

- Poi nulla, Gordon se ne tornò negli USA ed io a gironzolare per la città meditando di raggiungere Capo Nord, in un modo o nell'altro.

- E in che modo ci sei riuscito?

- Bri-Bri, ti sembrerà assurdo ma non ci sono mai riuscito. Tra una sessione di esami e l'altra partivo verso nord ma non sono mai arrivato nemmeno a Stoccolma. Arrivavo a Copenaghen e non riuscivo a proseguire. Al massimo riuscivo a tornare via mare, passando dall'Inghilterra, o in autostop, attraverso la Polonia, insomma cose genere.

La cena è arrivata, tortelli mugellani al ragù d'anatra e guancia di vitella, cotta a bassa temperatura. Gli amici del Ghianda, perfetti come sempre.

- Bruno, ho perso il filo - Brigitte non si arrende, - ma tutte queste tue avventure giovanili e musicali cosa c'entrano con l'operaio morto?

- Nulla, Brigitte, non essere noiosa. Ti ho raccontato una storia su cui potresti scrivere un romanzo invece di occuparti dei miei esordi nel mondo delle Forze dell'Ordine, tutto qui.

Altra sospensione dovuta al dessert. Sublime, lo definisce Bruno, perfetto, non migliorabile né modificabile, decide Brigitte che pensa sempre alla riproposizione del piatto che sta gustando, a Parigi.

- Tre strati in un singolo bicchiere: letto di mousse di castagne, passata di cachi a centro e top di granella di amaretto. E' perfetto, non puoi aggiungere né togliere nulla. E' un paradiso.

Bruno chiude gli occhi per gustare l'anima del diospero (i cachi, a Firenze, sono diosperi) ma Brigitte è scesa dal suo paradiso ed è tornata alla carica.

- OK, torna agli esordi, preferisco.

- Non ho finito. A Parigi negli anni '60-70 il Jazz andava forte, perché in Italia no? Nessuno dei miei amici, dei molti che fino ad ora ti ho nominato, ascoltava o tantomeno comprava dischi di Jazz. Bob Dylan, i Beatles, certo, il Blues, persino il Country americano trovarono il loro posto, accanto alle canzoni di protesta e agli eterni Battisti, Dalla e De Andrè. Ma perché Thelonius Monk e Charlie Parker non affascinavano loro quanto me?

- E tu come li avevo scoperti? Preparati una risposta intelligente e nel frattempo torniamo al morto.

- Leggi pure, per quanto concerne il jazz ci devo pensare su.

Raccontare a Brigitte di Jelly Roll Morton, regalo di suo padre, o del disco che gli aveva regalato Jacqueline, quella Jacqueline che abitava a Regent's Park, e di Turkish Mambo e delle intricate note di Lennie Tristano che si mescolavano ipnotiche alle rumorose manifestazioni degli abitanti dello zoo sottostante, sarebbe stato forse troppo.

CAPITOLO 5 – Oltrarno

Tornai alla carica con Rossella. Non aveva tempo, stava scappando.

- Il tempo di un caffè, va bene? Ci sarebbe un'altra storia, che riguardava Piero, alla fine mi è venuta in mente. Non credo di avertela mai raccontata.

- Ti ascolto.

- Piero, prima di stare con Michela stava con una certa Elisabetta che lavorava in una libreria, ovvero di giorno era sempre fuori e la sera sempre stanca. Te la ricordi?

- No.

- Bene, non importa. Elisabetta condivideva l'appartamento con una certa Flavia, una ragazzina super-femminista, super-cattolica, super-vergine. Questa super-Flavia frequentava da un po' un certo Renzo, un mio vecchio amico, che tutte le sere cercava di convincerla a venir meno ai suoi principi, soprattutto a quelli riguardanti la verginità. Lei, a suon di sofismi, di logica e di chiacchiere, ogni sera riusciva a rimandare il momento della verità.

Una sera Renzo torna alla carica: va bene, rispose la giovane, ma ti devo avvisare, non sono più vergine. Che è successo? Chiese Renzo sbigottito. E la sventurata rispose: Ieri sera, mentre stavo studiando come una matta mezza sdraiata su tavolo, tra libri aperti nel punto sbagliato e appunti che non trovato, si è affacciato Piero e mi si è avvicinato alle spalle; non ti voltare, mi ha detto, ed io, per tutto il tempo, non mi sono né voltata né ribellata. Non so perché, mi dispiace.

- Bruno, la storia mi ricorda la battuta di un film italiano[32] di anni fa, non è che te la stai inventando?

- No, è Monicelli che me l'ha copiata, con la storia della ragazza che "sparecchiava".

- Lì per lì Renzo s'infuriò e uscì sbattendo la porta. Poi la storia con la ex-vergine riprese per un po' anche se credo che Renzo avrebbe volentieri visto Piero morto, allora. Voglio dire che è roba di alcuni anni fa, gli sarà sbollita, tu che dici?

Non dissi nulla e presi nota dell'esistenza di questo Renzo mentre Rossella mi spiegò dove trovarlo, ovvero all'Istituto di Chimica-Fisica. È un genio, mi disse, ma anche i geni possono essere gelosi, no?

Avevo passato una notte a leggere. Pranzai da Serafini con un cappuccino e due ciambelle anche se alle due di pomeriggio il loro aspetto non era particolarmente invitante. Era troppo presto per passare l'Arno alla ricerca di Kōstas.

Io era nato e vissuto di qua d'Arno, dalla parte giusta cioè, e tutto ciò che era al di là mi metteva un po' a disagio. San Frediano, Santo Spirito, tutte zone frequentate da una fauna che non era la mia, non avrei saputo coma fare in attesa di trovare il tizio che cercavo. Librerie, Università e baristi amici erano tutti di qua. Di là, era roba da turisti o da ladri. Qualche escursione nelle bettole di San Frediano, ripensandoci, l'avevo fatta ma sempre sentendomi un po' estraneo, una specie di intruso.

- Bruno, mai stai parlando di Firenze?

---

[32] *Amici miei - Atto II*, film del 1982 di Mario Monicelli.

- Certo.

- Ma se fino a pochi mesi fa la notte vedevi mandrie di giovani passare dalla zona di Santa Croce a Piazza S. Spirito e viceversa! il Ponte Vecchio, l'ultima volta che l'ho visto la sera tardi, era quasi intransitabile dalla folla di ragazzi che si muoveva nei due sensi!

- Bri-Bri, ti sto parlando di una Firenze di mezzo secolo fa. Quando a Parigi usava ancora andare a notte fonda a farsi una *soupe d'oignon* alle Halles, con un certo brivido, sperando magari di incontrare Juliette Greco e Michel Piccoli. Qui, se eri di San Frediano da lì non ti muovevi e se stavi in Santa Croce, era lì che te ne stavi.

- OK. Torniamo alle tue indagini.

La sera, prima di rimettermi in agguato in Borgo S. Jacopo, telefonai al Bocca e gli spiegai come pensavo che avesse fatto Piero ed entrare nella Sezione. La Beppina, certo, ammise l'uomo, ci avevamo pensato anche noi ma la donna, con loro, aveva negato fino in fondo. Torniamo a parlarci assieme, mi propose.

La Beppina, piccola grassa, i sessanta passati da un pezzo, perennemente incazzata col suo Uccellone, il figlio, i clienti, il mondo e in più con due occhiali come due fondi di bicchiere, ci ricevette con un secchio in una mano e uno straccio nell'altro, non ci invitò a sedere e restò in piedi di fronte a noi con l'aria di volersi sbrigare. Le presentai succintamente il Bocca.

- Un mio amico – dissi.

- Un poliziotto, disse lei senza quasi nemmeno guardarlo

- Allora, signora Beppina, - il Bocca prese in mano le redini della situazione - mi vuol dire perché non hai detto a nessuno di aver dato la chiave al povero Piero?

- Io non gli ho dato proprio nulla, gliela avrà data Olga.

- Ma Olga era venuta la sera prima a pulire ed è ritornata solo poco dopa la scoperta del cadavere, intervenni io.

- Io non so nulla.

- Beppina, ma se un mese fa – inventai di sana pianta, - la prestasti anche a me la chiave per andare a pisciare di sopra! Non lo dire a nessuno, mi dicesti.

La donna restò un po' spiazzata dalla mia affermazione, si sistemò gli occhiali e si avvicinò per guardarmi meglio.

- Si vede che ti scappava forte.

- Come a Piero?

La donna posò il secchio e si mise a sedere su uno sgabello.

- Va bene, aveva furia e mi chiese la chiave, e allora, a voi che ve ne importa?

- E dopo?

- Dopo nulla, andò su e si tenne la chiave.

- Certo, la chiave era ancora nella porta. Ma tu non sei andata a vedere cosa fosse successo? Non hai mai avuto bisogno del gabinetto il resto della mattinata?

- No. E ora andatevene, ho da fare, fuori! Riprese il secchio e ci agitò lo straccio davanti alla faccia, levatevi dai coglioni, va bene?

Una risposta dal tono eccessivo, commentò dopo il Bocca. Ora la lasciamo un po' maturare e domattina la faccio convocare al commissariato, vedrai che ci racconterà qualche altro dettaglio.

- Avete trovato Pio Carlone? Gli chiesi subito dopo.

Il Bocca non aveva accennato all'argomento. In silenzio recuperò il suo taccuino.

- Sì e no - mi disse, - Carlone Pio, via de' Servi 6. La convivente, un'inglese, ha dichiarato che il Carlone è partito per andare dalla famiglia, a Bari, come pare faccia tutti gli anni in questo periodo. Ho telefonato a Bari. Pare che sia solo, non

sappiamo altro. Gli abbiamo chiesto di rifarsi vivo appena ri-
metterà piede a Firenze e nel frattempo di non allontanarsi
da Bari.

Non avevamo molto altro da dirci ma il sorriso del Bocca
era sempre lì, carico di speranza e ottimismo.

Potrei andare a cercare la Michela a casa sua, che ne
dice? Rossella sa dove abita, potrei andarci con la Rossella
stessa, appena esce da scuola. Se è una storia di corna, come
comincio a sospettare, Michela è l'unica che può darci qual-
che informazione.

Stavo appunto per chiederglielo, mi disse il Bocca con il
sorriso amplificato da una luce di soddisfazione negli occhi.

- Domani la potrei accompagnare io, la lascio lì e poi vengo
a riprenderla. I miei colleghi l'hanno già tartassata alcuni
giorni fa, ora la ragazza si è ritirata in un casolare di proprietà
della madre a quanto ho capito, e non vuole vedere o parlare
con nessuno. Io devo andare da quelle parti per colpa del delitto Torchi, Duilio Torchi, quello ucciso a caccia, si ricorda?

- Certo, che me lo ricordo. Ma la ragazza stava in Emilia,
dalle parti di Modena, a quello che ricordo.

- Sì, ma siamo nell'Appennino tosco-emiliano, sopra Pistoia. Le Province di Pistoia e Modena sono confinanti e Pievepelago, dove risiede la ragazza, è a circa dieci chilometri
dall'Abetone.

In ogni caso il Bocca mi aveva preso in contropiede, mi ci
avrebbe portato comunque, di sua iniziativa.

- E sul cacciatore morto, l'ex-fascista, c'è qualcosa di
nuovo?

- Poco.

Prima della fine della guerra, mi spiegò il Bocca, dopo un
attimo di perplessità e dopo aver controllato di aver rimosso
tutto lo zucchero dal fondo della sua tazzina, il Torchi si era
rifatta una verginità politica consegnando agli alleati una

mappa dei piani di difesa tedesca lungo la linea gotica, fattagli avere da due ufficiali lituani, disertori. Evidentemente l'ex-fascista doveva aver capito che era meglio sfruttare le informazioni dei lituani e farle avere al generale Alexander piuttosto che rimandare i due dietro le linee per esser fucilati da chi ormai stava solo scappando.

Detto questo, con grande scorno dei partigiani locali che nella primavera del '44 lo avevano cercato dappertutto, alla fine della guerra tornò in pieno possesso del suo posto alla Breda, ove si atteggiava a eroe della Patria.

Ascoltavo incuriosito. Anche dietro una storia così, che il Bocca giudicava marginale, c'era materiale per scrivere un libro, mi dicevo. Una storia senza tempo, potrebbe essere riambientata all'epoca di Silla dopo che aveva schiacciato i seguaci di Mario o il secolo scorso quando i filoborbonici si schierarono in via Toledo ad applaudire l'arrivo di Garibaldi. Una storia tutta italiana, forse, oppure una storia di sempre, ovunque. Effettivamente, a un funzionario di Polizia si potevano aprire squarci sul mondo che dal fondo di una biblioteca di Lettere e Filosofia mi sarebbe stati preclusi.

- Insomma - riprese il Bocca, - i partecipanti alla battuta di caccia erano concittadini e molti di loro ex-partigiani. Lei dottor Falteri è giovane ma deve sapere che ci sono odi che posso lievitare e crescere per anni, con le radici che si annidano nel cervello e si estendono anno dopo anno. La guerra è finita da quasi trent'anni, lo so, ma l'odio può durare più a lungo.

Il sorriso del Bocca si era spento, un vecchio disperato, mi sembrò per un attimo.

- Ma si ricordi dottor Falteri - il sorriso era ricomparso, - nessun tempo è mai troppo lungo per dimenticare certe cose. È ovvio che l'Ufficio politico sia stato chiamato in causa, noi e quelli di Pistoia.

Alla mia richiesta di dettagli prevenne la mia domanda.

- No, nessuna Luger, un colpo di doppietta con cartucce caricate a pallettoni, cartuccia da cinghiali, sparato in faccia, a distanza ravvicinata. Niente tracce né bossoli né proiettili da studiare, pallettoni uguali a quelli che tutti usano, cartucce spesso offerte generosamente agli amici da parte dello stesso Torchi. Può essere stato chiunque dei presenti, anche tutti, per quello che mi concerne ma naturalmente nessuno di loro era lì, anzi stavano tutti ben distanti. Si trattava di una battuta piccola, sei persone con pochi cani, molti degli abituali compagni di battuta quella volta non c'erano. I sei sono stati tutti interrogati uno per uno e naturalmente nessuno di loro si è mai trovato a distanza ravvicinata del morto, almeno stando alle loro dichiarazioni. Cinghiali ne sono stati abbattuti quattro e le fucilate sono state tante. Difficile capire quando e da dove fosse partita quella sbagliata.

- Forse era restati pochi ma buoni - commentai, - tutti d'accordo nel farlo fuori e coprirsi a vicenda.

- In un romanzo di Agatha Christie, forse, mi rispose il Bocca, vediamo ora di tornare a noi.

Per quanto riguardava gli aspetti politici della morte di Piero, confermai che non avevo udito nulla e che gli stessi maoisti, o chi per loro, stavano preparando striscioni poco convinti per una manifestazione che molto probabilmente non sarebbe stata portata avanti, non avevo molto altro da dirgli. Di Faruk non sapevo nulla. Il Bocca posò la tazzina e scomparve in un lampo, con tanto di sorriso. Trovai il cappuccino e le brioche pagate.

Seduto al caffè, incerto se tornarmene a casa o andare in Facoltà ad occuparmi delle lingue creole o meglio ancora

delle matricole fuori sede, optai per la seconda e in particolare per l'opzione matricole. Due ragazze dall'aria incerta ma
decisa mi bloccarono sull'ingresso. Dov'è la Segreteria? Mi
chiesero. Cercai di far dell'humour sul fatto che trovare la Segreteria di Facoltà in una Facoltà, sarebbe inimmaginabile
all'Università di Firenze, chiunque sarebbe stato in grado di
trovarla, troppo semplice! No, dovevano andare in piazza s
Marco. Le ragazze parlavano pochissimo italiano e capirono
solo Piazza S Marco. Sappiamo dov'è, grazie, dissero in coro.
Avevano una mappa in mano, non erano così sprovvedute.
Una delle due era molto carina, piccola, scura, con i capelli
corti e un'aria aggressiva che mi era piaciuta. Di dove siete?
Annaspai non sapendo come altro trattenerle. Turchia mi dissero e sparirono. Turche. La morettina sparì con l'amica in un
secondo ma al suo posto mi resto un'idea. Faruk, Pio, spariti,
forse assieme e forse no, e Kōstas Astrinidou, il greco-turco
amico di Pio? Forse ne avrebbe potuto sapere qualcosa. Due
volte avevo visto Pio rifiorire alla vista di Kōstas, ambedue le
volte in un bar di Borgo S Jacopo. Un sorriso che parlava di
sesso o di soldi. Sessualmente Kōstas era implausibile, quindi
soldi. E ogni volta Pio aveva pagato il conto al bar. Certo.
Soldi.

Kōstas era uno che trafficava o almeno era figlio di uno
che trafficava. In teoria, anni prima, si era proclamato studente di architettura nel poco tempo che le ragazze e i traffici
gli lasciavano libero. Esperto di Import-Export, si era definito
recentemente. Ogni tanto vendeva stoffe o pellicce o dolciumi
turchi e persino gioielli e a volte chiedeva soldi in prestito. Un
bel ragazzo sempre allegro, del tutto inaffidabile, da ogni
punto di vista.

Kōstas, aveva un solo difetto, sapevo solo che abitava
dalle parti del Ponte Vecchio, di là d'Arno, ma dove? Potevo

solo sperare di incontrarlo nel bar ove l'avevo incontrato l'anno prima con Pio e lì chiedere a qualcuno.

- Ma come, con tutti gli amici che mi sembra tu avessi a Firenze, non avevi di meglio da fare che aspettare il tuo Kōstas, in un bar, un po' a caso?
- Certo, amici ne avevo, ma la diffida del Bocca mi era servita. Se Kōstas sapeva qualcosa, battere tutta Firenze per trovarlo avrebbe avuto l'unico effetto di farlo sparire, sempre che avesse effettivamente qualcosa a che vedere con Faruk ed eventualmente con l'omicidio di Piero.

Aggiungo che Kōstas era greco-turco, ortodosso, (girava con una croce d'oro extra-large attaccata al collo) e sicuramente non aveva direttamente a che fare con i palestinesi.
- A meno che non trafficasse anche armi.
- Certo, a meno che.

Mi ero portato qualcosa da studiare mentre aspettavo che il turco si materializzasse ma il posto non era adatto. Musica terribile in sottofondo, una bella ragazza che mi trapassò con lo sguardo, una banda di studenti americani che ordinavano bicchieri di vino rosso, alle quattro di pomeriggio. Non riuscivo a studiare e feci un salto al Gambrinus. Non potevo certo mettermi a giocare con qualcuno in quella specie di tempio del biliardo, il posto però mi aveva troppo incuriosito e anche Dado aveva qualcosa di affascinante. Olinto mi riconobbe appena entrato.
- *Te sei l'amico di Dado, del Brizzolari, vero?*
- *Esatto, e Dado c'è?*
- *Certo, eccolo laggiù che sta giocando a carambola con quel tizio.*

Olinto mi si avvicina e mi sussurra qualcosa all'orecchio.

- Il tizio, quello mingherlino che vedi, è un ragazzotto venuto apposta da Livorno. All'inizio si comportava con l'aria del pivello, pronto a giocare due lire tanto per provare ma io l'avevo visto anni fa all'Ardenza; è uno bravo, che crede però di prenderci per il culo. Ho avvisato Dado il quale se lo sta giocando come un gatto col topo, stai un po' a vedere.

Mi avvicinai al tavolo di carambola. Dado mi fece appena un cenno; era in piedi, appoggiato alla sua stecca mentre l'avversario accumulava punti su punti. Attorno, una piccola folla col fiato sospeso.

- Il nostro amico è bravissimo – spiegava agli astanti.

- Cosa hai detto che fai di bello a Livorno - chiese Dado all'avversario, - oltre a giocare a biliardo, voglio dire?

- Il pittore, non sono famoso, ma me la cavo.

La partita era persa e Dado si sfilò di tasca diecimila lire che consegnò al suo avversario il quale le prese non senza un certo imbarazzo.

- Facciamo così, - propose ad alta voce Dado, - io ho quasi finito i soldi ma se i mei amici mi prestano qualcosa – e si guardò intorno scorrendo con lo sguardo il suo fidato pubblico – sarei pronto a proseguire, anzi a rigiocarmi in un colpo solo tutto quanto ho perso fino ad ora. Che ne dici?

Un brusio attorno al tavolo, un attimo di silenzio e poi i soldi cominciarono a fioccare sul panno verde mentre Olinto teneva i conti. Il giovane livornese fece una faccia pia, quasi dimessa, aveva pochi capelli giallastri lunghi sulla nuca, la cui forfora gli aveva imbiancato la giacca blu di una taglia superiore alla sua, uno, insomma, che avrebbe ispirato pietà a chiunque.

Il pittore cercò blandamente di convincere Dado a desistere mentre, senza titubare, estrasse di tasca un bel mazzo di fogli da cinque e da diecimila lire, riuscendo a stento a trattenere un feroce lampo di gioia negli occhi.

Dado riprese in mano la stecca come se fosse l'ultima cosa al mondo che voleva fare. Passò il gesso sulla punta con aria rilassata, guardandosi intorno con aria svagata. Poi si piegò, impugnò il suo strumento e si concentrò sul tavolo, con aria da chirurgo. Si aggiudicò l'acchito e iniziò a giocare e a colpire palla e pallino nella maniera giusta e nella sequenza giusta, senza sosta, senza un sorriso, senza una parola. Un errore e la mano passò al livornese che dalla rabbia o dall'emozione sbagliò subito. Dado riprese in mano la partita e alla fine strinse la mano al pittore labronico con aria quasi paterna.

- Sei molto bravo, complimenti - gli disse, - e mi raccomando, ripassa pure di qui quando capiti a Firenze.

Olinto mi aveva fatto levare di tasca tremila lire a fine serata me le trovai raddoppiate.

- Contento? Mi chiede Dado.

- Devo venire più spesso da queste parti. Vincere senza nemmeno giocare, è il massimo della vita.

- Ma dai, Bruno, non ci posso credere! Questa l'hai copiata dal film con Paul Newman, come si chiamava?

- Lo Spaccone[33], te l'ho già detto. Non è copiata, è vera e basta. In ogni caso avevo da vedere il turco ma anche da riparlare con Rossella. Volevo sapere qualcosa di più delle storie di Piero, di quelle che aveva avuto prima del suo incontro con Michela, e scoprire dove fosse finito Faruk e soprattutto capire perché se la fosse filata a quel modo.

In viaggio verso l'appennino tosco-emiliano il Bocca mi raccontò qualcosa di sé, saltò fuori che aveva trent'anni più di me, era vedovo, senza figli e a quello che capivo con pochi

---

[33] *Lo Spaccone* (*The Hustler*) film di Robert Rosen del 1961, interpretato da Paul Newman.

amici. Chissà che gli era successo prima della guerra, pensavo, durante e subito dopo. Certo lui il fascismo se l'era beccato tutto dall'inizio alla fine. Ma non chiesi nulla, non volevo scoprire cose di lui che non avrei voluto sapere, almeno non in quel frangente. Cercai di riportare la conversazione sulla storia che ci aveva accomunato.

- E la Beppina?

- E' stata convocata in Questura. Non ha detto molto di più di quanto aveva detto a noi. Pare che il morto fosse solo o forse seguito, forse da uno o due persone, forse da un uomo alto o forse basso, che forse era salito anche lui o forse no, ma poi forse era un altro giorno. Insomma, dottor Falteri, nulla di fatto.

- Certo, con quegli occhiali non sarebbe stata comunque in grado di riconoscere qualcuno nemmeno gli fosse caduto addosso.

Una decina di chilometri dopo l'Abetone, in direzione Pievepelago, si dipartiva una stradina sterrata che a quanto il Bocca aveva saputo doveva portare al casolare in cui Michela Carrocci si era ritirata. Il Bocca mi scaricò all'inizio della stradina e mi salutò dandomi appuntamento da lì a due ore.

Dopo cinquanta metri lo stradino diventò una mulattiera e dopo altri cento metri si trasformo in poco più di un sentiero.

Michela era a sedere sotto una pergola non curata, le foglie erano poche e tutte corrose dai parassiti. Una tavola, una seggiola, un paio di libri. L'aria trasandata, nessuna traccia di trucco, i capelli lunghi, in disordine e sporchi, tenuti su con un elastico. Il cielo era terso e Michela era seduto al sole.

Alzò gli occhi verso di me e restò immobile a studiarmi.

- Sono Bruno, un amico di Rossella.

- E quindi? Così dicendo torno ad occuparsi del libro che aveva davanti.

Aveva un golf pesante buttato sulle spalle e una maglietta a maniche corte. Trasandata ma non priva di un certo fascino.

Rimasi in piedi in silenzio. Alla fine non trovai nulla di particolarmente intelligente con cui esordire.

- Volevo parlare con te di Piero. Ti dispiace? È possibile?

La ragazza non alzò nemmeno gli occhi dal libro.

- La polizia non ha trovato nulla - ripresi, - moventi politici non sembrano esserci, tu eri a La Spezia dalla cugina di Piero altrimenti saresti stata tra i primi sospettati, lo sai, vero?

La ragazza sollevò stancamente lo sguardo verso di me. Prese una foto che aveva sul tavolo e usandola a mo' di segnalibro, chiuse con rabbia quello che stava leggendo.

- E con questo? La polizia mi ha lasciato in pace ed ora devono arrivare gli stronzi come te a fare cosa? A giocare a guardia e ladri? O speri di finire in televisione? Chi sei? Ti ho visto un paio di volte al bar di San Marco, uno dei tanti stronzi che vivono piazzati lì o al bar Daria, sperando di beccare qualche cretina che abbia voglia di farsi scopare. E da me cosa vuoi? Vuoi sapere anche tu se Piero era delle BR o un filopalestinese? Vuoi sapere se era una spia o se lavorava per i servizi segreti? Coraggio, le ho già sentite tutte. Tu cosa vuoi sapere?

- Qualunque cosa che riguardi Piero ma che non riguardi la politica.

- Cioè vuoi sapere se mi faceva le corna? Certo, e che altro? Con chi e quante volte, immagino tu voglia sapere. Bene, divertiti a scoprirlo da solo e nel frattempo levati dai coglioni.

Riaprì il libro sbattendo la foto sul tavolo e col braccio mi indicò la strada da cui ero appena arrivato.

- Ma tu vivi sola qui?

Michela non sollevò nemmeno il volto dal libro, era rossa in faccia, ed era facile capire che quel colloquio non sarebbe andato da nessuna parte, era ovvio. Mi girai con un cenno di saluto, non potevo fare altro, non senza aver notato la copertina del libro, Cuore di Tenebra, nell'edizione della Mursia che conoscevo anche io. La foto ritraeva alcuni uomini armati di doppietta e tre o quattro cinghiali morti, accatastati l'uno sull'altro. Sul retro della casa, una 127 Fiat nuova di zecca.

Dopo due ore, passate a sedere su un tronco e a danneggiare il lavoro di un paio di formicai, il Bocca torno a riprendermi.

- Niente, Michela non parla e dice di aver già detto tutto alla polizia. Mi ha lasciato capire che Piero può aver avuto anche altre amanti, ma me l'ha buttata lì per sfida. E il Torchi?

Il Bocca ha il sorriso stanco, non vorrebbe parlarmene; ripeto la domanda, il mio atteggiamento non lascia spazio a equivoci: io racconto storie a te e tu racconti storie a me.

- Nulla di concreto. Può averlo ammazzato chiunque. Sono stato a vedere esattamente il luogo in cui questo Torchi è morto. Non era possibile aggiungere qualcosa di più a quando la squadra omicidi aveva già rilevato.

- Quindi e tutti assieme o nessuno di loro?

- Qualcosa del genere.

Il Roxy bar si riempì di una folla di turisti americani, studenti della Syracuse University, stando a quanto era scritto sulle loro felpe. La barista si dava da fare con molta efficienza districandosi in un inglese implausibile e in una gonna che sembrava rubata alla sorella minore. Quando il gruppo sciamò verso il Ponte Vecchio, a sedere, in un angolo, l'uomo che cercavo. Un trench leggero, una bella faccia quadrata, un po' sovrappeso e gli occhi come due fessure, sospettosi.

Kōstas mi vede, spalanca gli occhi e con un gran sorriso mi invita al suo tavolo chiedendomi cosa volessi.

- Un Campari soda come il tuo - gli dissi.

E poi abbracci, grandi dichiarazioni di amicizia, commenti acidi sui rumorosi americani e positivi sulle gambe e i culi delle giovani studentesse.

- Che fai da queste parti? Mi chiese.

- Nulla. Ho un appuntamento con un tizio al Gambrinus ma mi sono mosso troppo presto, faccio un giro per Firenze prima di immergermi al chiuso tra stecche e tavoli verdi.

- Giochi a biliardo?

- No, ma sto imparando.

- Mai giocato, un giorno provo anche io.

La conversazione languiva, andai direttamente al problema.

- Sai nulla di Faruk?

- Il pittore?

- Certo. Sono passato da lui e sembrava avesse traslocato, sono andate a sentire Pio ed anche lui è sparito. Secondo te che gli è successo?

- E perché li cercavi?

Gli occhi di Kōstas tornarono due fessure.

- Sai della storia del morto in piazza S Pierino?

Kōstas restò in silenzio. Il che valeva un assenso.

- Bene. La polizia ha un vago sospetto che il morto si spacciasse per operaio ma che fosse un terrorista, forse solo potenziale, - stavo improvvisando a ruota libera - oppure fosse addirittura in contatto con l'OLP che sospettandolo di fare il doppio gioco, l'abbia smascherato e ucciso.

Kōstas finisce il suo Campari, lentamente. Cerca di recuperare la mezza fetta di limone che si era adagiata sul fondo e poi si arrende.

- In fondo è meglio con una fetta d'arancia. E Faruk che c'entra con questa storia?

- Volevo avvisarlo che se ha bisogno di una garante o di un aiuto sarei stato a sua disposizione. Lo conosco da una vita e oltre all'essere siriano è la persona più innocua del mondo.

- Ma tu come sai quello che pensa la polizia di Faruk?

- Sono stato contattato da uno dell'Ufficio Politico che mi ha chiesto informazioni. Tutto qui.

La mia risposta era evidentemente improvvisata e non reggeva.

- Quando lo hai cercato?

- Ieri l'altro.

- Tu l'avevi già incontrato in Piazza S Marco, vero?

- Sì.

- E subito dopo la polizia è andata a casa sua, vero?

- Non lo sapevo, mentii.

- Lavori per loro? Questa è una novità. Il mio amico Falteri che se la fa con gli sbirri!

- Kōstas non hai capito. Volevo solo aiutare Faruk, tutto qui, non lavoro per nessuno, ma che ti stai inventando!

Kōstas ha gli occhi sempre più contratti e l'aria diffidente. Istintivamente leva i gomiti dal tavolino si siede in posizione eretta per studiarmi un po' più da lontano.

Il mio Campari è finito e il mio interlocutore fa un cenno alla cameriera per un altro giro, senza nemmeno interpellarmi.

- Kōstas io so che Pio ti vende qualcosa e poiché lui l'unica cosa che è in grado di produrre sono quadri, di quadri si tratta. Giusto? Non è difficile capire che ha trascinato in questa avventura anche Faruk, il suo grande amico, e ottimo disegnatore. Vado avanti?

Kōstas fa il cenno di sì.

- All'Ufficio Politico dei quadri veri o falsi che i due ti possano vendere non interessa proprio nulla. Sono solo a caccia dei possibili contatti con i palestinesi. Mi segui?

106

- Vai avanti.

- Se i poliziotti della Politica smettono di trovare Faruk interessante, lasceranno perdere tutto e voi seguitate il vostro lavoro tranquilli. Devi solo convincere Faruk a tornare a casa sua. Se nel suo appartamento troveranno dei Pollock o dei Morandi potrà sempre dire che sono degli studi e poi, finché non lo beccano con un assegno in mano, non gli può succedere nulla. E soprattutto a te, che non esisti neppure.

I Campari erano arrivati assieme a delle noccioline ed io accennai un brindisi. Kōstas sollevò il bicchiere e accennò un sorriso borbottando qualcosa sui pistacchi che sono meglio delle noccioline. Gli occhi si riaprirono, la diffidenza si stava dissolvendo.

In realtà ancora una volta stavo improvvisando ma dall'atteggiamento dell'altro sembrava che le avessi indovinate tutte. Kōstas mi studiò in silenzio per un altro po' e poi sollevò una cartella da disegnatori appoggiata a terra che non avevo ancora notato. L'appoggiò sul tavolino, sciolse i fiocchi di stoffa e sollevò appena una copertina cartonata, solo di pochi centimetri. Prima che Kōstas la richiudesse e la riappoggiasse a terra riuscii a intravedere un Morandi e un De Chirico.

- Questa roba domani è a Milano e poi, forse in Svizzera, Germania, non lo so. Da quelle parti ho un sacco di cugini che mi aiutano, sai come funziona una famiglia delle nostre parti, ci si aiuta. Chiaro?

- Chiaro.

- Capisci perché sono scappati? Non volevano farsi trovare con questi capolavori tra le mani, con i colori ancora freschi. Pio è dai suoi in Puglia ed è a posto, forse sarà meglio far sapere a Faruk che può tornarsene a casa.

- Ti garantisco che all'Ufficio Politico dei suoi Morandi non interessa proprio nulla. Prima torna meglio è. Anzi spero che *diventi famoso anche come Faruk perché mi ha appena fatto un ritratto, uno schizzo.*

- E lo è diventato? Famoso, voglio dire.
- Non credo. Lo rividi poco dopo ma da allora non ne ho più saputo nulla come di molti di cui sto parlando. Bruno si ferma a riflettere, con lo sguardo vuoto.
- Che succede?
- Ogni volta che ripenso alla mia vita di allora mi sembra di veder scorrere un film in cui io sono solo una comparsa, un attore secondario. Ogni tanto ho la sensazione che tutto mi fosse scorso intorno senza riguardarmi direttamente.
- Non dire sciocchezze, la tua è una tipica crisi senile. E tutte le storie che racconti in queste pagine?
- Dimostrano che ero un testimone, spesso distratto, di eventi in cui non avevo un vero ruolo. O almeno a volte è così che mi sento. O forse hai ragione, è colpa dell'età, in ogni caso alla fine degli anni '80 ebbi un'idea stupida. Trovai i vecchi taccuini in cui avevo annotato gli indirizzi di tutti coloro che avevo incontrato nei venti anni precedenti, di quelli di cui non mi sarei sicuramente mai dimenticato. Una cinquantina. Amici, ragazze, incontri destinati a futuri gloriosi, amicizie potenzialmente eterne. Preparai una specie di lettera circolare, spiegando che si trattava di una sorta di censimento: dove siete? Siete ancora vivi? Che fate? Cosa siete diventati?

Mi arrivò un pugno di risposte, per lo più da persone che seguitavo a vedere regolarmente e che avrei saputo come raggiungere per telefono e decine di buste chiuse con scritto *al mittente, sconosciuto a questo indirizzo*, in varie lingue, dal polacco al danese all'inglese. Incollai le buste su un pannello che incorniciai col titolo ANNI '60.

- Un monumento alla vacuità delle grandi amicizie? All'inconsistenza degli anni '60? Al tuo senso di solitudine senza più i vecchi amici né un grande partito alle spalle?

- Il partito si stava sfasciando è vero, ed avevo molti colleghi ma niente grandi amici, forse per questo.

- E ora dov'è questo pannello?

A ulteriori 30 anni di distanza? Nella spazzatura, ovviamente.

- E quindi?

- Leggi pure.

Bruno si è vergognato di rivelare a Brigitte che quelle lettere in realtà le conserva ancora.

Dissi a Kōstas di farmi chiamare da Faruk e magare di tenermi da parte un Morandi.

- Ora è nel periodo Schiele, ma cercherò di farglielo sapere.

Al bar della SS Annunziata gli incontri tra me e il Bocca avevano assunto un andamento routinario. Gli raccontai di Faruk, senza alludere a Kōstas. Ascoltò con attenzione. Mi chiese più volte se la cosa mi convincesse, prendendo appunti sul suo taccuino.

- Sono più che sicuro. Faruk e Pio Carlone campavano a Firenze con un po' di rimesse da casa ma sicuramente non bastavano come non bastava quel po' che vendevano o che sbafavano alla mensa o al bar, era chiaro. C'era anche quanto si procuravano grazie a un trafficante che a suo volta esportava e si arricchiva alle loro spalle.

Il Bocca mi guardava e mi studiava in silenzio, a sorriso disteso.

- Forse lei non sa chi è Schiele – insistetti. - Un pittore espressionista che è stato appena riscoperto e avere degli

Schiele "autentici" a portata di mano, soprattutto in Germania, può rendere molto.

- Al trafficante, non certo a Faruk o a Pio.
- Posso avere il nome di questo mercante d'arte?
- Non lo conosco nemmeno io.

Il Bocca si concentrò un attimo sulla sua tazzina di caffè, vuota, alla ricerca delle ultime tracce di zucchero.

- OK, mi piace. Stai imparando a coprire le fonti. Lo hai imparato al cinema? Nella vita reale la cosa non funziona così ma a me va bene lo stesso. Se possiamo escludere la pista Faruk-palestinesi, ci concentreremo su qualcos'altro.

Il Bocca mi stava dando del tu, per la prima volta.

La Biblioteca della Facoltà di Lettere era praticamente adiacente al bar della SS Annunziata ma fare un salto al Gambrinus non mi avrebbe portato via troppo tempo. Stavo meditando di scrivere un racconto, una storia che facesse vivere l'atmosfera di quel posto.

Olinto era lì e Dado mi accolse come un vecchio compagno d'armi. Poderose pacche sulla schiena, presentazione al barista, altre pacche.

La sala era mezza vuota e i due erano seduti al banco del bar.

- Eccoti, allora la stecca comincia ad appassionarti?
- Non so. Mi piace questo posto.
- Cosa bevi? Una domanda superflua perché contemporaneamente Dado mi porge un Campari soda che il cameriere aveva già preparato quando mi aveva visto arrivare e sedere accanto agli altri due.
- Campari, ottimo, mi limitai a commentare.
- Certo, si comincia sempre con un Camparino. Ma a proposito di Campari, lo sai cosa c'è alle Piastre? - Chiede Olinto

senza attendere la mia risposta, - c'è una delle fontane Campari[34], è meravigliosa, assolutamente da vedere.

- Ci credo, ma non ho idea di cosa sia.

- Non ti preoccupare, un giorno che ci vai e te la trovi davanti, in piazza - dichiara Dado -- Come va con le indagini?

- Nulla di nuovo.

- Un terrorista? Un provocatore della CIA? Chiede l'anziano giocatore di biliardo.

- Non ne ho idea. Tenderei comunque ad escludere i palestinesi ma per il resto non saprei che dire. La polizia ci sta lavorando, qualcosa salterà fuori.

- Ma la ragazza di questo Piero non ha detto nulla?

- Non so, credo che la Polizia l'abbia interrogata a lungo ma a quanto so non ha rivelato nulla di interessante. Credo che non sapesse nulla della vita di Piero se non quello che vedeva, che gli piaceva dormire fino a tardi e non aveva molta voglia di tornare a fare l'operaio.

- Un vero parassita, uno stronzo qualunque, quindi, commenta l'uomo.

- Un po' di Gulag gli ci sarebbe voluto, altro che storie! Rincalza Olinto.

- E la fontana Campari che cosa mesce, Bitter o Cordial? Un mio tentativo di fare lo spiritoso.

---

[34] La Fontana del Campari delle Piastre (Pistoia) è una delle circa trenta fontane progettate dallo scultore fiorentino Giuseppe Gronchi, tra il '30 e il '32, per pubblicizzare l'azienda Davide Campari. Quella delle Piastre è una delle tre sopravvissute.

- Ma no! Acqua di sorgente pura, di montagna. Dovresti vedere dopo la caccia come cani e cacciatori ci si accalcano attorno, uno spettacolo! – risponde il vecchietto.

Il tempo passava, due giorni dopo la mia visita a Kōstas, Faruk tornò a casa. Ebbe un colloquio con il Bocca a cui mostrò i suoi ultimi Schiele. Non fatevi beccare con i quadri in una mano e i soldi nell'altra, consigliò il funzionario col suo abituale sorriso, e non li vendete in Italia. Per il resto non so nulla e non vedo nulla, aggiunse.

- Che altro ti ha detto?

Sono quasi le una ed il mio aperitivo a base di Campari soda si avviava a diventare il pranzo di Faruk, stando almeno alla quantità e alle dimensioni dei tramezzini di cui si era appropriato. Meditai di chiedere un rimborso spese al Bocca. Interrogare gli amici poveri stava diventando una faccenda costosa.

- Mi ha detto di non farmi beccare – pausa tramezzino, - ma per il resto avevi ragione, dei quadri non gli importava niente.

Dal tono di voce capii che non mi aveva detto tutto.

- Non gli importa nulla soprattutto se tu fai qualcosa per lui, vero?

Faruk appoggia sul tavolo il tramezzino già azzannato.

- Te l'ha detto il Bocca?

- No, ma so quello che farei al suo posto. Ti ha chiesto in grande segretezza di fargli sapere se qualcosa si muove nel mondo degli arabi fiorentini. Vero?

- A quanto pare sai già tutto. Mi chiamava mister Faruk e per la prima volta non ha confuso arabi e persiani. Sapeva benissimo che i secondi sono assai più politicizzati dei pochi arabi presenti nell'università e sapeva benissimo che siamo due mondi diversi. E poi i persiani si alzano presto e studiano

davvero, strana gente. Di loro so solo che non gli piace lo Scià, e hanno sempre paura che chiunque si avvicini possa essere un emissario della SAVAK[35]. Anche alla mensa, quando li vedi tutti assieme, danno l'impressione di essere sotto assedio. Il Bocca era d'accordo su tutto.

- E degli arabi che gli hai detto?

- Che sono quattro cialtroni, ognun per sé, che pensano solo alle donne, a far finta di rispettare il Ramadan e a sperperare i soldi che gli arrivano da casa.

- A parte tu, che ti limiti al solo capitolo donne.

Faruk rise mentre affrontò con aria fiera l'ultimo tramezzino.

- Eccolo il mio Ramadan – seguitava a ridere, mostrando il prosciutto cotto che penzolava dal panino, - non ho tempo da perdere con quelle sciocchezze, torniamo a parlare delle tue amiche, sarà meglio. Di Rossella, ad esempio.

- Allora in Africa hai mentito, ti ricordi?

- Ti ho mentito spesso, non saprei dire dove e perché, comunque sono un mentitore per natura.

- Lo si ma quando dicesti che Guy, il nostro cuoco a bordo del Tabu con-l'accento-sulla-a[36], era il primo mussulmano miscredente che avevi incontrato in vita tua, non era vero.

- Hai ragione. Era il secondo. Ma forse Faruk non era un vero miscredente, era solo troppo povero per permettersi di selezionare i sandwich che mangiava gratis, era sempre così magro e pallido.

- E con Rossella come funzionò?

- No ne so nulla, era un mondo così confuso. Chissà che fine hanno fatto. Lei si mise con un certo Roberto e per un

---

[35] La polizia segreta dello scià Pahlavi.
[36] Vedi *Deriva ovvero il coltello di Rupert*, M Vannini (di prossima uscita)

periodo arrotondavano rubando libri da Feltrinelli e rivendendoli alla bancherella di libri usati parcheggiata praticamente di fronte, riuscivano a prelevare persino i massicci volumi della Storia d'Italia dell'Einaudi, erano bravissimi. Finché non li beccarono.

Manca poco a Natale. Brigitte apprende che anche Parigi si avvia alla chiusura totale, impossibile capire quando il suo ristorante sarà in grado di riaprire.

- Bene, allora vediamo di finire e magari entro la fine dell'anno riusciremo a tirar fuori qualcosa da tutto questo disordine.

Brigitte osserva con sgomento la scrivania di Bruno, su cui sono impilate le sue avventure di viaggio, la sua bozza di autobiografia di mezzo secolo prima e la storia dell'operaio ucciso che faticosamente si dipana, tra un ricordo e l'altro, tra un foglio mancante e uno fuori posto.

- Ho guardato quanto serve per scrivere il tuo giallo, sempre ammesso che tu riesca ad andare avanti; non è molto, soprattutto se sfrondato di tutte le chiacchiere sulla tua adolescenza tardiva, ma qualcosa si può fare. Sei d'accordo?

- Sei tu l'autrice. Fai come vuoi, è il tuo giallo, non il mio.

- Qualche curiosità però me le voglio levare. Chi è quella Sandra di cui mi hai parlato e di cui non mi hai voluto spiegare nulla? Ti avevo chiesto se era del PCI o di Lotta Continua o magari di Potere Operaio.

Bruno, ancora col caffè in mano, davanti alla distesa di fogli a cui cercava di imporre un certo ordine, guarda Bri-Bri con aria intenerita.

- Era un grande amore, un appuntamento mancato con la vita.

Brigitte attende che la storia si concretizzi, inutile metter fretta, il tempo è l'unico cosa che in questo momento non fa difetto a nessuno dei due.

- Era una storia vecchia già di un anno. Ci fu l'ennesimo attentato da qualche parte, non ricordo quale, contro una riunione della CGIL, con morti e feriti. Andai a prendere Sandra a casa sua perché mi aiutasse a diffondere i volantini che invitavano la popolazione a manifestare il giorno dopo in piazza della Signoria. Lei si rifiutò e io la mollai lì senza commentare né rispondere. Il giorno dopo alla manifestazione la vidi ma feci il duro, feci finta di nulla.

- Aveva cambiato idea?

- No. La mattina prima aveva un esame importante, e non sarebbe potuta venire a giro con me, tutto qui. Me lo disse molti anni dopo. Quando, mesi dopo, decisi di ricontattarla era troppo tardi. Si sposò da lì a poco col mio amico Marco Curadossi, lo zoologo.

- Ma è "quella" Sandra! Quella che ho conosciuto anche io, la Sandra che aveva lo stand al Mercato delle Pulci.

- Esatto, quella Sandra che ogni tanto mi invita all'Isola d'Elba.

- Pentito?

Bruno ha ammucchiato i fogli da una parte e sta cercando di aprire un pacco di biscotti. Il cellofan si rompe male e i biscotti schizzano da tutte le parti. Il vecchio commissario li riordina cercando di impilarli come erano all'interno del cellofan.

- Dal caos all'ordine. In fondo è il mio mestiere.

- La cosa più semplice sarebbe non crearlo il caos ed imparare ad aprire i pacchetti di cellofan con più criterio. Pentito?

- Sì, molto. Me ne sono pentito tutta la vita, un rimpianto che mi ha tenuto sveglio molte notti.

- Falteri, non cominciare a piangerti addosso e vediamo di concludere questo lavoro entro il 2021. Proviamo?

Brigitte in realtà vorrebbe sapere, chiedere, ma è imbarazzata, ha capito che ha toccato una corda che va ben al di là delle storie con le varie Rossella, Gianna o Claudia.

- OK allora. È stato appurato che eri comunista e che frequentavi la sezione del partito, Spartaco Lavagnini. Abbiamo appurato che hai trovato il morto, un signor nessuno, un sedicente operaio, ucciso con una Luger a distanza ravvicinata. Avevi scartato la vendetta di terroristi palestinesi, il coinvolgimento con extraparlamentari più o meno clandestini, il traffico di quadri falsi che riguardava altri tuoi amici ma non lui. A questo punto resta *la femme*, o meglio il marito di qualche *femme* perché la ragazza del morto, la sera dell'omicidio, non era a Firenze e apprese la notizia solo per bocca di Rossella. La ragazza in questione, Miss Michela, ora si è ritirata in mezzo ai monti, senza più contatti col mondo e con gli amici fiorentini. Va bene fin qui?

- Direi di sì.

- C'era inoltre la storia di quel Renzo che non riuscì a conquistare il fiore della sua amata per colpa dell'operaio Piero.

- Non darei la colpa solo a lui e in ogni caso, anche quella era acqua passata. Leggi il seguito.

Il giorno dopo l'incontro con Faruk incontrai Renzo. Gli chiesi se sapeva della morte di Piero.

- Poveraccio, mi dispiace. Una rapina finita male, che può essere successo?

- Una rapina a chi? Alla sezione del PCI? Ma dai Renzo, non ha senso. Forse una vendetta personale.

Renzo si ferma, studia la mia espressione e mi sorride in maniera divertita.

- Bruno devi imparare a fingere meglio.

116

- Che vuoi dire?

- Hai saputo della storia tra Piero e Flavia, sono sicuro, te lo leggo in faccia.

- Ma non so nulla, Renzo, non so di cosa tu stia parlando.

Dovevo imparare a fingere meglio se dovevo fare il poliziotto, mi dicevo, forse dovevo imparare ad usare un'espressione standard sempre uguale, come quello del Bocca, era ovvio.

- Beh, se non lo sai te lo racconto io in breve. La storia tra me e Flavia finì per colpa dell'intervento di Piero, è vero, ma non prima di avermi permesso di capire che razza di rompicoglioni fosse quella donna. È solo grazie a lui che sono riuscito a sgusciar via, magari con poca eleganza, ma con i nervi a posto. Salvato in tempo, grazie a quel poveraccio. Devo riconoscergli che Flavia, vista da di dietro, mezza sdraiata sul tavolo con tanto di minigonna d'ordinanza, non poteva lasciare indifferente nessuno. Come non perdonarlo?

- Siete i soliti maschi coglioni. Allora come ora.

- A chi ti riferisci?

- Sia a te che a lui. È chiaro che quella Flavia ha fatto quello che aveva voluto, costretta a raccontare di aver subito, quasi per distrazione, quanto invece desiderava da tempo. Quel Piero se lo scopavano tutte, ci saranno state delle buone ragioni, immagino, e lei doveva limitarsi a stare a guardare? Dopo, ha fatto di tutti per levarsi di torno quell'impiastro di Renzo fino a che ci è riuscita senza danni per nessuno. Almeno io la leggo così, questa storia.

- Non escludo che tu abbia ragione, chissà. Ma non esser noiosa, andiamo avanti.

L'incontro col Bocca si svolse secondo il rituale consolidato. Ormai erano passati quasi due mesi dal nostro primo

abboccamento, il freddo si faceva ancora sentire e il cappuc-
cino bollente del Seracini era quanto serviva per far pace col
mondo. Con ciambelle, questa volta.

- Buongiorno – esordì il Bocca mentre svuotava le bustine
di zucchero nel suo caffè ristretto.

- Niente storie di corna, a quanto ho appurato, niente pista
araba o palestinese, niente che riguardi il PCI e la sua sezione.
E la Polizia che fa?

- L'Omicidi ci ha scaricato il caso. A questo punto non c'è
che restituire loro il favore, dichiarare che la politica non c'en-
tra nulla. Che frughino loro nel passato dell'uomo e dei suoi
amici, noi ce ne laviamo le mani. Che dici?

- Dico che c'è solo una piccola cosa che non mi torna. Ri-
guarda Michela. La ragazza è triste e depressa e se ne sta
sola, in quel casolare in fondo a una gola, sull'appennino. Se-
guita a non voler vedere nessuno. La casa è della madre, mi
hanno detto, che comunque, secondo Rossella, è morta da
due anni. Quindi Michela vive lì, sola. Avrà un padre? Non si
sa. Lavorava a Portovenere tutti i fine settimana, ben pagata,
ammettiamolo pure. Ma ora che fa? Campa d'aria? Eppure
aveva una 127 nuova di zecca, vecchia di non più di un anno,
un modello uscito proprio l'anno scorso. Se Michela è ricca
non si capisce perché dovesse andare a Portovenere a far la
cameriera tutti i fine settimana, se invece è molto povera, non
si capisce di cosa viva attualmente, giusto?

- Ci possono essere altre spiegazioni, Un'eredità, un babbo
vivo e vegeto che la passa qualcosa o che le regala un'auto.
Nulla di strano.

Il Bacco sparì, sorridente e ben dolcificato senza com-
menti. Al momento di pagare trovai, oltre alla colazione pa-
gata, un biglietto aspetta al bar, ti chiamo tra pochi minuti.

Da lì a dieci minuti il Bocca chiama. Ho appena ricevuto il comunicato da parte dei colleghi di La Spezia. Carocci Michela lavorava a Portovenere, ristorante il Tigellino, in piazza Darsena. Gestita da una parente di Piero, tale Luciana Basilone, di anni 54. I contributi di Michela sono risultati pagati solo un paio di giorni dopo la notizia della morte di Piero, ma alla fin fine pagati, per il resto tutto regolare.

È un buon ristorante. Ci vengono a mangiare, non solo da La Spezia, ma addirittura dalla Versilia. L'effettiva parentela di questa Basilone con Piero è oscura, forse è solo una sua vecchia amante, ma per il resto nulla di rilevante. Nei giorni della morte di Piero, Michela era sicuramente là, lo confermano oltre alla proprietaria, il socio di lei e alcuni addetti alla cucina. Vuoi provare a controllare?

- Non so, ci devo pensare.

- Un'ultima cosa, Michela Carocci non ha né ha mai posseduto un'arma. Sua madre era una modesta mezzadra che ha lavorato tutta la vita per farla studiare ed è morta due anni fa.

- E dei signor Carocci cosa sapete?

- Inesistente. Figlia di ignoti.

Non sapevo cosa aggiungere, stavo per riattaccare ma alla fine buttai lì una cosa che mi frullava in testa.

- A proposito del morto nel pistoiese. Avete cercato tra tutti i presenti. Lei mi aveva detto che in fondo era pochi, era una battuta ridotta. Perché non avete cercato tra gli assenti?

Silenzio all'altro capo del filo.

- Tra gli assenti che abitualmente avrebbero potuto esser presenti, voglio dire.

Il silenzio, un impercettibile borbottio e il rumore del telefono libero furono l'equivalente della volatilizzazione che caratterizzava la fine dei nostri incontri dal vivo.

- Questa storia del Bocca che compare e scompare è un po' noiosa, l'abbiamo capito.

- Voi chi?

- Noi potenziali lettori, volevo dire.

- Ma era proprio così, te lo garantisco. Io ne ho conosciute più d'una di persone così, a cominciare da mio nonno. Il più clamoroso era comunque Antonio. Guarda, aspetta un attimo.

Bruno fruga ma non trova quello che cerca.

- Ci deve essere la storia di Antonio da qualche parte, abbi un attimo di pazienza.

- Antonio chi?

- Antonio Infantino, un amico con il quale avevo vissuto esperienze di musica performativa e gestuale. Scoprii anni dopo che così andavano definiti i suoi interventi che consistevano nello spaccare la chitarra contro il muro di qualche club underground insultando tutto quello contro cui andava di moda scagliarsi.

- Esperienze? E tu che facevi?

Io guidavo, lo portavo a Roma e lui spaccava le chitarre, molto semplice. Gli feci leggere alcune pagine dei *Bandar-Log,* il mio romanzo autobiografico. Dobbiamo portarlo a Milano, mi disse, a Milano, da Feltrinelli, ovviamente.

- Ovviamente.

- Pochi giorni dopo, armato di una chitarra, lui, e del mio manoscritto, io, mi ritrovai in via Montenapoleone. Non si accede da Feltrinelli se non si passa dalla Nanda, mi aveva spiegato il mio silenzioso amico, mentre mi faceva salire in casa di questa signora di cui non conoscevo nulla. La porta di casa era costantemente aperta e a quanto pareva bastava aver un manoscritto in mano, o l'aria di uno che sta per comporne uno, per aver diritto di accesso mescolandosi a personaggi *from the road*, fino ad individuare l'ape regina, il motore immobile di quel mondo così lontano dal mio mondo fiorentino. Nanda riceveva puntando gli occhi addosso per pochi secondi e poi dimenticandosi immediatamente di te se non passavi l'esame, come successe a me data la mia palese banalità.

Certo, caro, che caro, lascialo pure lì, caro, e così depositai il mio *Bandar-Log* su un tavolinetto stile impero, già ingombro di fogli e libri mentre questa Nanda, una signora sulla cinquantina, capelli molto corti e un'aria solida, sdraiata su una dormeuse che ricordava le immagini di Goya, borghesemente paludata con un sari indiano, si dedicò al mio amico Antonio che con la rabbia nella voce e il forte accento lucano le faceva intravedere mondi più stimolanti del mio modesto borghesissimo fiorentino.

Probabilmente Antonio per lei era un equivalente meridionale di quel mondo *beat* che la donna aveva incontrato in America e che anche grazie a lei stava irrompendo nella cultura italiana. Antonio si atteggiava da abituale frequentatore, dando del tu alla padrona di casa, salutando un paio di persone e poi sparendo (ecco, da qui è iniziato il mio racconto) mentre io me ne stavo fermo in piedi, ignorato da tutti e tutte, in attesa di sapere quando Feltrinelli avrebbe letto e sicuramente stampato il mio manoscritto.

Mi levò dall'imbarazzo un signore ben vestito, giacca e cravatta, con occhiali dalla montatura nera, bei baffi e aria vagamente annoiata, alieno almeno quanto me in quell'ambiente, che si mise a cercare qualcosa frugando in un paio di cassetti.

- Lui è Sotsas, il famoso designer nonché mio marito, spiegò Nanda in inglese a uno che sembrava appena sceso da una Harley Davidson, nonostante che ci sarebbero voluti ancora quattro-cinque anni per vedere *Easy Rider* nelle nostre sale cinematografiche. Nanda non solo era sempre in anticipo sui tempi, così mi aveva preannunciato Antonio, ma evidentemente li faceva anticipare anche agli altri.

Prima di uscire Sotsas salutò sua moglie con un gesto distratto e dopo un secondo di perplessità con un mezzo sorriso salutò anche me. Dovevo essere proprio fuori contesto.

- E che successe?

- Non lo so, non ricordo nulla. Ricordo solo che il mio manoscritto era una copia unica, quello che abbiamo in mano qui è una prima versione, poco più di una bozza disordinata...

- Sul disordine sono d'accordo.

- ...e che quando Feltrinelli l'anno scorso morì, ebbi per un attimo la visione di lui che saltava in aria, sotto il traliccio di Sagrate, con tutti i fogli del mio manoscritto che si spargagliavano nell'aria.

- E questa Nanda?

- Ettore Sotsas è stato uno dei più importanti designer italiano dell'epoca e questa Nanda, come l'hai chiamata, era Fernanda Pivano, una donna che ha avuto un ruolo straordinario nel diffondere in Italia la cultura americana, da Melville fino ai *beat* degli anni '60, amica personale di molti di loro a cominciare da Ginsberg.

Io, da parte mia, avevo rapidamente capito che il mio racconto ero un penoso e arrogante saggio giovanile, che il mondo vero era fuori e non nelle mie passate avventure in autostop per l'Europa. *On the road* lo aveva già scritto Kerouac anni prima,[37] bastava e avanzava. Lo studio, la politica, il pudore, tutto mi distrasse o mi frenò e non pensai più al mio manoscritto né a Fernanda Pivano se non nel 2010, poco dopo la sua morte. Per curiosità scrissi a una sua segretaria

---

[37] Jack Kerouac, *Sulla strada* (*On the road*), introduzione di Fernanda Pivano, Mondadori, 1959.

se avesse trovato un manoscritto abbandonato col mio nome ma nessuno si è più rifatto vivo. I fogli che hai in mano sono tutto quello che abbiamo del mio capolavoro.

- E Antonio?

- La Pivano lo adorava, gli fece pubblicare qualcosa e credo che lo abbia presentato ad attori e uomini di teatro tanto che Antonio ebbe per un periodo una certa fama come musicista di musica etnica meridionale, qualunque cosa voglia dire.

- Possiamo tornare al tuo giallo? Il Bocca compariva senza preavviso e scompariva senza lasciare tracce, un po' come un ricordo triste o un singhiozzo. Tu ti apprestavi a recarti in Liguria per capire qualcosa di Michela. Torniamo a leggere?

- Non vuoi sapere del mio incontro con Allen Ginsberg, frutto anch'esso di Antonio?

- Anche no. Bruno fece finta di non avere udito.

-L'americano batteva due piccoli gong d'ottone mentre Antonio strapazzava la sua chitarra ed io col flauto suonavo di *The Sound of Silence*. Il tutto nel corso di una piccola manifestazione di protesta tenutasi a Pistoia, di notte, di fronte alla sede della Poltronova, una protesta organizzata da amici fiorentini molto alternativi. La Poltronova era una nota industria di arrendamento per cui lavoravano i migliori designer italiani, tra cui Sotsas, che stava indebitamente sfruttando – secondo gli amici alternativi - il nome di Ginsberg per fare pubblicità all'inaugurazione di una mostra di mobilio.

Ginsberg era dentro, venne fuori, tintinnò i suoi piattini, ci disse che eravamo bellissimi, che ci amava tutti e tornò dentro. Oltre le grandi vetrate, al di là del prato, c'era il bel mondo e un enorme buffet. Fuori, sull'erba, un gruppo di cretini convinti di aver lasciato un segno nella storia.

- Alternativi. Alternativi un po' ingenui? O un po' cretini?

- Io cretino al quadrato, in realtà ero lì solo per vedere che faccia avesse questo Ginsberg, visto da vicino.

- E che faccia aveva?
- Un po' da cretino a quanto ricordo, e molto spettinato.

CAPITOLO 6 – Trasferta a Portovenere

L'indagine in trasferta mi tentava. L'amica di Piero che dava un lavoro quasi regolare e ben pagato a Michela, tanto da farle rimandare gli esami, non mi convinceva.

- Alla sua età Michela non aveva certo bisogno di preoccuparsi dei contributi e, al nero, a Firenze, avrebbe trovato le trattorie e pizzerie che voleva, come per altro aveva già fatto, senza esser costretta a lasciar solo il suo adorato Piero proprio durante i week end. Tu che ne dici Rossella?

- Mi chiedo solo chi ti paghi per fare l'investigatore.

- Nessuno. Sono un vecchio lettore di gialli, lo sai, non un'intellettuale come te, questa storia fa acqua. La polizia è ancora lì che si balocca con l'ipotesi del complotto e della provocazione politica mentre a me incuriosisce quest'altro aspetto. Sono sicuro che alla fine ci scriverò un racconto o un articolo per l'Unità.

- Meglio per il Corriere della Sera, se proprio devi scrivere. Con me in veste di protagonista?

- Inizierà con te. Contaci, ma ora vedi di fare quello che ti ho chiesto. Te la senti di venire con me a Portovenere e di fingere di cercar lavoro in quella trattoria che ti ho detto?

- Con te?

- Certo, vengo anche io ma non entro, ti aspetto fuori. Devi sono dire …

- Uno, che sono amica intima di Michela, due, che tutto quello che faceva lei lo posso fare anche io e meglio, tre, che da poco abito a Carrara e per me arrivare a Portovenere è uno scherzo.

- E vestiti in maniera decente, non come una che cerca lavoro per disperazione, magari facendo vedere un po' di culo che non guasta.

- Ma se il mio pezzo forte è il davanti!

- Rossella, lo so, di quello si accorgono tutti, non ti preoccupare.

Arrivato a Portovenere lo spirito del combattivo investigatore, cinico e disincantato, era stato prima diluito poi definitivamente sepolto sotto un cumulo di ricordi che rastrellai, uno dopo l'altro, come quei semi che lungo il greto dell'Arno ti si attaccano ai pantaloni quando cammini nell'erba incolta. Viareggio, la darsena, la cecìna calda, il bagno Rondine del Lido di Camaiore, le vacanze con i miei genitori, il mio primo bacio, le vacanze a Motrone e Claudia Battinelli, le schiacciatine di Valé al Forte dei Marmi, i bomboloni caldi sulla spiaggia, ogni località un ricordo, un odore, tutti stivati con cura, dall'età di cinque anni. A quel punto sarei solo voluto andare a letto con Rossella che faceva parte di un'altra lista di ricordi, l'intenerimento trasudava e l'indagine avrebbe potuto aspettare. Trasudava ma non abbastanza da contagiare la mia amica che essendo leccese della cecìna e del Bagno Rondine non sapeva nulla ma che in compenso si era fatta prendere anche lei dalla frenesia dell'investigatrice.

- Ma che sei scemo?

Così mi rispose quando le proposi di prenderci una camera da qualche parte prima di metterci a giocare agli Sherlock Holmes.

Abbracciati ma con aria professionale, lasciammo la macchina a Lerici e prendemmo il traghetto fino a Portovenere.

Piazza Darsena fu facile da trovare e l'insegna del ristorante Tigellino spiccava da lontano, un locale piccola dall'aria elegante e costosa. Mi sedetti a un caffè proprio all'inizio *della strada, con una copia del* Secolo XIX *e lasciai che Rossella andasse a proporsi come cameriera.*

- Vado bene? - mi chiese, facendo finta di nascondere il petto e ostentando i fianchi fasciati dai jeans a vita bassa, di una taglia più piccoli.

- Rilassati, vai benissimo anche se sembri una che più che un lavoro cerca un fidanzato.

Rossella si affacciò alla porta del ristorante e un quarto d'ora dopo ne riemerse traversando la strada al seguito di una donna anziana, con i capelli cotonati stile Brigitte Bardot a cui la donna forse immaginava di somigliare se non fosse stato per gli oltre cinquant'anni che si portava addosso. Pagai la mia bibita e seguii le due a distanza. Rossella fece vista di non vedermi ma con una mano mi fece un cenno, andava tutto bene.

Le due entrarono in un portone di via Capellini, a due passi dal ristorante, praticamente sul retro. Traversai con noncuranza la strada e riuscii a intravedere una targhetta d'ottone che in un perfetto corsivo inglese annunciava la presenza della Pensione Doriana – Relais.

Un paio di minuti dopo arrivò un giovane dall'aria atletica, sulla trentina, stivaletti, occhiali neri, jeans attillati e capelli lunghi, stile Ringo Star. L'intera storia stava prendendo senso.

Mi sistemai su un muretto in attesa. Ancora dieci minuti ed intervengo, mi dicevo. Quella specie di magnaccia era arrivato lì per Rossella, non c'era dubbio. Ancora cinque minuti.

Quattro minuti.

Rossella riemerse con il tizio che le aveva passato un braccio attorno alla vita. I due appiccicati l'uno all'altro si avviarono vero il traghetto.

- *Vado da sola, non ti preoccupare, so come prendere il traghetto, da sola. Ci vediamo venerdì, non ti preoccupare, cinguettava lei.*

Il tizio non si preoccupava per niente e le mise una mano sul culo. Gesto che Rossella sembrò apprezzare scodinzolando in maniera adeguata. Io mi precipitai verso il traghetto con l'aria di uno in ritardo, il giornale sottobraccio. Salii prima di lei che si soffermò davanti alla piccola biglietteria, sbaciucchiandosi il tizio senza ritegno tanto che fu lui a respingerla leggermente imbarazzato mentre lei alla fine lo salutò arruffandogli i capelli. A giovedì gli disse e si imbarcò, un attimo prima che il traghetto si staccasse dalla banchina.

- *Hai trovato subito un fidanzato, a quanto pare.*

- *Se è per quello ho trovato anche un lavoro. Diecimila per una cosa breve, trenta se più lunga.*

- *Molto o poco secondo te? Un penoso tentativo di ironizzare sulla cosa.*

- *Dipende. Cinquanta per tutta la notte.*

- *Un ristorante a servizio completo, cena e camera. E che ti hanno detto? Sembravi molto in confidenza.*

- *Bruno, è inutile che tu prenda per il culo. Mentre mi parlava del mio futuro lavoro sono stata quasi per vomitare. Vuoi sapere altro? Per il sesso anale ed eventuali mance sono libera di applicare i prezzi che voglio perché né lei né Rolando possono controllare.*

- *Quel Rolando ti controllava abbastanza bene cinque minuti fa.*

- *Vaffanculo, Bruno. Quell'uomo mi faceva schifo, vorrei il mio spazzolino da denti per ripulirmi la bocca. Lui e madame prendono la metà del guadagno ufficiale. Nella pensione c'è anche una cameriera carina, attiva nei resto della settimana e disponibile per chi vuole due ragazze: dalle trenta alle cinquanta, a seconda del tempo.*

- OK, Rossella, ho capito, che altro ti hanno detto? Come è andata?

- Come cazzo vuoi che sia andata? Luciana, la madama, all'inizio era sospettosa ma quando ho detto che potevo far tutto e anche meglio della mia amica ha chiamato Rolando il quale è venuto, mi ha fatto mezza spogliare ed era pronto a provare se ero effettivamente meglio di Michela, anche subito, sotto gli occhi di madama. Gli ho detto che sarei tornata presto ma ora avevo l'auto e il mio fidanzato che mi aspettavano a Lerici. Con un seno così avrai la fila, altro che Michela, mi hanno detto ambedue. Madame poi mi ha chiesto che fine avesse fatto la mia amica. Ha avuto dei problemi - le ho risposto, - si è ritirata in campagna a meditare, ho aggiunto. Lei non ha battuto ciglio. Non sapevo se fossero al corrente della morte di Piero, ho preferito restare sul vago. Ho fatto bene?

- Benissimo.

Il tono aggressivo di Rossella cedette e una volta in auto si aggrappò al mio braccio ed iniziò a piangere e a tremare.

- Hai avuto paura?

- Sì, molta. Visti da vicino facevano schifo tutti e due, non ti puoi immaginare quanto. Giovedì gli ho detto? Certo, Giovedì torno ma accompagnata da un paio di questurini, ci puoi giurare.

Rossella si zittì e si aggrappò al mio braccio con ancora più forza.

Avevo già imboccato l'Aurelia e in poco più di due ore saremmo stati a casa.

- È passata, la nostra cazzata l'abbiamo fatta ed abbiamo scoperto qualcosa che forse era meglio non sapere. Ci fermiamo al Forte dei Marmi a bere qualcosa. Ti va?

- No, voglio arrivare a Firenze prima possibile. Non so con che faccia potrò guardare Michela negli occhi la volta che si *deciderà a scendere dalle montagne. Poverina, me la vedo in quella pensione con le camere pieni di specchi, i marpioni arrapati e la cameriera pronta a dare una mano ai vecchi impotenti.*

- E dei soldi, che ne faceva secondo te?

- Bruno, è ovvio. Servivano a mantenere il suo operaio del cazzo. Qui vengono solo ricchi e vecchi, mi ha detto la madama, spesso non ce la fanno, ma pagano lo stesso e tanto, non ti preoccupare! E se scoprono che hanno a che fare con ragazze colte, con vere studentesse, allargano il portafogli ancora di più.

- La 127 nuova di zecca che ho visto da Michela, scommetterei che è intestata a Piero.

- E se Rolando avesse avuto una discussione con Piero sull'attività di Michela o sui suoi guadagni?

Per quello che ne sapevo, per lo più grazie al cinema e occasionali squarci di cronaca nera, i papponi sistemavano le cose a coltellate, non con le Luger, e in genere sfregi e coltellate se le beccavano le loro donne quando sgarravano, non i colleghi di lavoro.

- Non mi torna. Non ci si ammazza per spartirsi i proventi di una puttana.

- Vaffanculo, Bruno.

- OK, scusa, mi spiace per Michela, ma è di questo che stiamo parlando e soprattutto di chi l'aveva spinta a esercitare quell'attività.

- Mi dispiace che Piero sia morto. Gli avrei spaccato volentieri la testa io, a randellate o con un ferro da stiro.

Rossella aveva smesso di tremare e di piangere. Le erre di randellate e ferro avevano ripreso a ruzzolare nella sua bocca con la veemenza di sempre.

- Ma questa Rossella oltre che una tua vecchia storia era comunque una grande amica, evidentemente. Che le è successo? Non te l'ho più sentita nominare.

Dopo aver smesso di farsi ammirare su è giù per via Martelli e di rubare libri si è auto-sequestrata, dividendosi tra un marito, una figlia adorabile a cui ha trasmesso il suo amore per la cultura francese, e un negozio di libri usati. È una delle mie coetanee (poche per la verità) che, fieramente ostile ai moderni media, probabilmente vive senza televisione e intrattiene i pochi rapporti col mondo grazie a un telefono a disco. Credo sia felice così.

- E dopo?

Arrivato a Firenze telefonai al Bocca che non commentò il mio rendiconto e mi dette appuntamento per la mattina successiva.

Una volta ben diluita anche la seconda bustina di zucchero mi spiegò che il personale del ristorante e della pensione era stato interrogato a suo tempo per confermare la presenza di Michela il giorno della morte del Peretti.

- Stamani ho chiamato La Spezia e mi hanno rivelato con la massima calma che la buoncostume locale era al corrente da sempre della casa d'appuntamenti di Portovenere ma siccome gli organizzatori non davano nell'occhio e sapevano come muoversi, il questore aveva preferito non sollevava polveroni. Sa com'è, dottor Falteri.

- Immagino che il posto fosse frequentato anche da qualche amico del questore, è questo quello che mi vuole dire?

- Comunque stamani hanno fermato anche Rolando Boero e stanno cercando di capire se si sia mosso di lì il giorno dell'omicidio e se sia mai capitato a Firenze in quel periodo.

Quello che lei ha chiamato Orlando, aggiunse prevedendo la mia richiesta.

- Complimenti per la tempestività. Non so che altro aggiungere.

Il sorriso del Bocca sembra però alludere a un seguito. Ricontrolla con cura il fondo della tazzina e poi mi guarda sollevando lo sguardo.

- Per l'altra faccenda ho seguito i suoi consigli, dottore.

- Su cosa?

- Di cercare tra gli assenti alla partita di caccia al cinghiale.

Non volli dargli la soddisfazione di chiedere cosa avesse trovato e lui non volle raccontarmi nulla degli sviluppi di una storia che in fondo non mi doveva riguardare. Sparì lasciando la colazione da pagare. Un piccolo dispetto.

- Che sciocche ripicche. Proprio da galletti maschi.

- Hai ragione, Bri-Bri, a parte la differenza di età e di status, alla fine solo maschi che si becchettavano.

Per reazione mi rimisi a studiare, avevo trovato una vecchia grammatica seychellese ricca di tesori che per qualche giorno mi assorbì in pieno. Nonostante che Faruk fosse tornato a frequentare il bar di San Marco e così Pio, in quel periodo mi divertiva di più al bar Daria, in Piazza S. Pierino. Di Piero nessuno più parlava e a quanto si sapeva, ovvero secondo le informazioni raccolte da Rossella, Michela seguitava a vivere in mezzo ai monti. Il Bocca era sparito.

Brigitte seguita a frugare tra le carte di Bruno. Il racconto, a quanto pare, termina lì. Controlla, sfoglia le pagine che ha in mano e scuote il capo sconsolata.

- Bruno, non mi dire che il tuo racconto finisce così! Va bene i finali aperti, ma questa non è nemmeno una storia, non è niente! Finisce tutto con una grammatica seychellese e Michela sparita sull'appennino?

- No. È finita la parte che avevo scritto. Ti ho chiesto aiuto perché tu mi spingessi a finire la storia, se ti sembra che valga la pena di scriverla, tutto qui.

- Ma io domani devo tornare a Parigi, Alexandre e tornato da Dijon prima del previsto e io ho voglia di rivederlo.

- A parte Parigi, che te ne sembra?

- Che ti devo dire... se sfrondiamo tutte le parti che con la storia del morto non c'entrano nulla, quello che resta non mi sembra granché. Se comunque il finale regge, forse il tuo editore te la passerà. Raccontami come finisce.

- No, finisco di scriverla, è più semplice.

- Nemmeno per idea. È capace che ci metti un anno a finirla. Almeno raccontami il seguito.

- Domani.

- Bruno! Il meccanismo delle *Mille e una notte* lo conosciamo tutti. Raccontami il resto per sommi capi e poi scrivilo con tutta la calma che vorrai quando vorrai. Coraggio, siamo restati ai tuoi amici e al bar di San Pierino.

- Domani, ora sono stanco. Niente Mille e una notte, te lo giuro.

- Ma io domani parto. Non è giusto!

- Alla peggio vengo io a Parigi a terminare la storia, mi sembra un'ottima soluzione. L'unica cosa che ti propongo ora e uno Zacapa Negra o un pezzo della Sant Andreu Jazz Band, con Andrea Motis alla tromba.

- Il tuo ultimo amore, lo so. Tutti e due se è possibile.

CAPITOLO 7 – Il giallo procede a fatica

La mattina Brigitte si sveglia con calma, il suo amico dorme ancora alla grande. Dovrà svegliarlo, se vogliono fare colazione assieme. In cucina il tavolo è apparecchiato e accanto alla tazza di Brigitte un pacco di fogli stampati di fresco. Bruno ha lavorato tutta la notte, si domanda la ragazza, o aveva il file già pronto e lo aveva solo stampato, magari dopo una rapida rilettura?

Brigitte non resiste e inizia a leggere.

La frattura all'interno di Potere Operaio era insanabile, a quanto pareva. Incomprensibile ai comuni mortali quale fosse il contenzioso, di chiaro c'erano solo i contendenti, Toni Negri e Franco Piperno. Come facesse Michela a vivere da sola in mezzo ai monti e perché, era altrettanto incomprensibile e la domanda seguitava a riaffiorare a intervalli regolari.

Casa di Michela, in via Martelli, subito accanto alla gastronomia, ricordavo esattamente il portone. Non c'era che andarci, mi dissi. I nomi accanto ai campanelli erano applicati con nastro adesivi diversamente scoloriti e scarabocchiati. Appartamenti affittati a studenti soggetti a un certo turn over. *Tutti meno l'ultimo, in cui il cognome di Michela, Carocci, appariva applicato con una piccola placca di ottone, incisa. Era strano che l'appartamento non fosse stato già riaffittato a qualcun altro a meno che Michela non ne fosse stata addirittura la proprietaria.*

- Tu cosa ne pensi, Giovanna? Chiesi ad un'altra amica, di Michela, incrociata poco dopo alla mensa universitaria.

- Non lo so, me lo ha detto anche la Rossella che ti ci sei fissato sopra. Non credo che la casa fosse di proprietà di Michela o dei suoi genitori anche se sicuramente era molto che ci abitava. Forse i nuovi inquilini non si sono presi la briga di cambiare nome. O forse faresti bene a pensare a qualcos'altro. Quando sarà il momento Michela tornerà in città, che vuoi che ci faccia sperduta in mezzo ai monti.

- Bruno, non mi puoi fare entrare e uscire questi personaggi come se nulla fosse. E questa Giovanna di dove salta fuori?

Bruno è appena emerso dal sonno e dalla doccia, in accappatoio, affamato.

- Brigitte, che t'importa? Facevo cose, vedevo gente, come diceva l'amica di Nanni Moretti, tra cui gente come Giovanna, dov'è il problema? Cosa c'è da mangiare?

- Amica, amante, compagna di scuola? Pane tostato e marmellata di more oppure ti vesti e andiamo al bar.

- Vada per il pane tostato. Hai detto che ti volevi concentrare sul giallo, che ti importa dei miei squarci di vita privata? Giovanna è una qualunque, un personaggio inventato, se ti fa piacere.

- Il fatto è che a volte il tuo diario mi diverte più del tuo giallo che procede un po' a fatica. Ho apprezzato il fatto che tu abbia lavorato tutta la notte.

- No, avevo dei file già pronti, solo da riguardare e rimettere insieme. Giovanna era una mia compagna di corso, si innamorava solo degli stranieri alti e biondi. Sono stato il primo italiano della sua vita, il che, in bocca sua, doveva suonare come un gran complimento. Conosceva bene il francese e l'amore per Brassens ci accomunava. Su una bancarella trovai una copia un po' sciupacchiata del Kamasutra, in francese, un'edizione degli anni '30. Saltate a piè pari presentazione e introduzione, ci dedicammo di buona lena a provare tutte le posizioni come due studenti volenterosi. Dopo un po' Giovanna mi lasciò, il nostro rapporto è troppo meccanico, mi disse. Nulla di male, proseguirò con qualcun'altra avrei dovuto risponderle ma non lo feci. Forse aveva ragione, Il nostro era diventato un lavoro non era più un amore né un quasi-amore, nonostante Brassens.

> *On les r'trouve en raccourci*
> *Dans nos p'tits amours d'un jour*
> *Toutes les joies, tous les soucis*
> *Des amours qui durent toujours[38]*

I commenti di Giovanna mi scivolarono addosso. Telefonai al Bocca chiedendogli di incontrarci nel solito posto.

Ero arrivato prima del previsto, siedo e rifletto per l'ennesima volta a tutta la faccenda, non senza un cappuccino e una ciambella ancora calda davanti a me.
Il Bocca arriva e siede con l'aria incuriosita, facendo un cenno al cameriere.
-- La madre di Michela - esordisco - era una contadina ed è morta da un po'. Ogni tanto Michela arrotondava lavorando in qualche bar o pizzeria ma abitava da sola in un bilocale in via Martelli che sicuramente non si manteneva a suon di mance. Ultimamente, per mantenere anche Piero, si era messa a fare un'altra professione grazie alla quale aveva comprato persino un'auto. Forse non c'entra nulla, forse a voi

---

[38] Si trovano in miniatura / anche nei nostri amori di un giorno / tutte le gioie e le preoccupazioni / degli amori che durano per sempre (Georges Brassens, *La marine*, 1953, da una Poesia di Paul Fort)

poliziotti non interessa, ma vorrei sapere qualcosa di più della vita e dei guadagni di Michela. È possibile?

- Dottor Falteri, vedo che ha decisamente abbandonato le brioche per le ciambelle. Fu l'unico commento del Bocca, dopo un'attenta riflessione.

- In compenso il diabete incombe su di lei, lo sa vero?

- L'uomo guardò sconsolato la seconda bustina di zucchero che era ancora da aprire.

- Me l'ha detto anche il dottore. Ho la glicemia alta. Sa cos'è la glicemia?

- Zucchero nel sangue, semplice.

- Di qualcosa si deve morire e aprì la seconda bustina.

- Di diabete non si muore e basta, si muore un po' per volta e male, è una cosa diversa.

- Le farò sapere - e anche la seconda bustina finì nel caffè, - in ogni caso a Milano hanno arrestato due sospettati di essere membri dei GAP di Feltrinelli, amici del Peretti, pare, almeno nel breve periodo che lui passò a Milano. Pare anche che i due siano venuti a Firenze un paio di volte negli ultimi mesi, anche se per il giorno del delitto avrebbero un alibi. Mi informerò, le farò sapere e scomparve senza lasciare traccia.

- Di cosa ti doveva far sapere, dei terroristi o delle risorse di Michela?

- Sempre ambiguo il Bocca, vero? Ma la marmellata d'arance amare è finita?

- Hai raschiato il fondo del barattolo ieri. Te ne porterò dalla Francia quando torno.

- La *Bonne Maman*? Grazie ma non importa. Dall'Alessi hanno le splendide marmellate d'arance amare della *Wilkin & Sons*, con scorze fini o grossolane, a scelta, non c'è nulla di competitivo né in Francia né in Italia.

- Fini o grossolane?

- Alterno. Prosegui pure, col tostapane me la cavo anche da solo.

Le lingue creole sono lingue dovuto all'incrocio di più lingue su un substrato di lingua locale, nate spontaneamente in vari parti del mondo. L'esempio più noto è costituito dalle lingue che si parlano nelle isole popolate da colonizzatori europei e schiavi di origine africana, provenienti a loro volta da località molto diverse. La lingua parlata, all'origine, pare si limiti a un miscuglio di termini provenienti dalle varie lingue connotato da una grammatica molto elementare. Dopo una generazione una grammatica e una sintassi si organizzano come per magia e se la comunità sussiste finiscono per dare origine a una vera e propria lingua, parallela alla lingua del popolo colonizzatore, la lingua creola, lingua che alla fine può arrivare sviluppare una propria letteratura. La grammatica è innata o viene appresa anch'essa? O nasce per magia? Per caso? Questi erano i miei problemi di allora quando il caso irruppe nella mia vita, tramite una telefonata del Bocca.

Caffè, ciambelle e una singola bustina di zucchero.
- Sarà contento? Mi chiede il Bocca ostentando la sua misera singola bustina di zucchero.
- Da morire. Che succede?
- Dottore, lei mi ha dato due consigli. Una a proposito dell'omicidio del cacciatore, in particolare sugli assenti durante la partita di caccia, e una riguardante i redditi di Michela e su chi le pagasse l'affitto.
- Certo, ricordo.
- Per la faccenda di Michela Carocci abbiamo una persona ma non un nome. Qualcuno, forse un padre che non ha mai riconosciuto la ragazza, che da quando la madre è morta, fa

regolarmente pervenire a questa Michela ogni due mesi centomila lire, soldi anonimi mediante vaglia postale dalla svizzera. Per il caso Torchi abbiamo due o tre personaggi potenzialmente presenti alla partita di caccia alle Piastre, ma assenti il giorno del delitto di cui uno dotato di un ottimo alibi.

- E chi sono? E perché uno lo sospettate nonostante l'ottimo alibi?

- Dottore, chi sono non glielo posso dire. Non lo abbiamo ancor detto nemmeno a un magistrato, sospetti, solo sospetti, non abbiamo altro. In quanto all'alibi è sospetto perché è troppo buono, con troppi testimoni e tutti d'accordo, come se fossero stati preparati. Non posso dirle di più.

Il Bocca era tornato a darmi del lei, la colazione era pagata.

Al Gambrinus Dado non c'era e anche Olinto fu di poche parole.

- Aspettalo pure, forse più tardi si farà vivo - mi disse, - credo che sia andata a caccia.

- A caccia? E dove è andato?

- Non lo so, non so nulla.

Bruscamente, quasi pentito per quanto mi aveva detto, Olinto si voltò e andò a parlare con altri due giocatori che si affannavano attorno a un tavolo da goriziana.

Tornai a casa, le lingue creole mi attendevano. Mi attendevano ma non mi parlavano. Perché ero passato dal Gambrinus? Colpa delle Piastre? Della fontana Campari, di Dado e dei suoi amici? I troppi testimoni tutti d'accordo, citati del Bocca, mi sembravano la fotografia degli amici del Gambrinus. E cosa era successo al buon umore di Olinto? La stagione di caccia forse era chiusa e Dado andava a caccia di frodo?

Non ne avevo la più pallida idea e non sapevo come avrei potuto scoprirlo. Non avevo amici cacciatori.

- E ora ne hai?
- Direi di no. Quando Marco era vivo credo abbia fatto stragi di animali, granchi, scorpioni, roba da zoologo, comunque. No, non ho amici cacciatori. E tu?
- Nemmeno io. Per fortuna che abbiamo tutti e due una buona mira e ottimi riflessi[39].

Bruno sorride ripensando ad alcuni degli episodi a cui Brigitte ha appena alluso.

- Dai Bruno, dimmi come finisce la storia, c'è ancora solo due o tre pagine da leggere, non può finire qui.

No, infatti. Le ultime sono ancora da scrivere. Te le mando a Parigi. Va bene?

- No, che non va bene. Nemmeno un po'. E poi non ho capito. Dovrò isolare i tuoi spunti autobiografici e rimuovere la morte di questo Piero? Non c'è abbastanza materiale ed è comunque banale. Dovrò concentrarmi sulla morte dell'operaio? Ma ancora non è successo praticamente nulla. E poi non posso mettermi a lavorare senza un finale, da quello dipende anche lo stile, il taglio che complessivamente, sia pur a quattro mani, daremo alla storia. Quindi deciditi.

- È finita anche la marmellata di more. Qui bisogna che mi decida, stabilire un contatto diretta con la Chiaverini di Calenzano e procurarmi una specie di abbonamento, se solo facessero anche la marmellata di arance amare!

- Io da qualche anno importo a Parigi la loro crema di Marroni in tubetti, ho dei clienti praticamente tossicodipendenti. Comunque hai mangiato abbastanza, fatti un altro caffè,

---

[39] *Un camper per il morto*, dello stesso autore (Ed. Montaonda)

fanne un altro anche per me e stai zitto. Fammi leggere queste ultime pagine.

*O forse la caccia a cui alludeva Olinto era solo una donna,
una vecchia fiamma oppure un nuovo incontro, Dado non
aveva l'aria di tirarsi indietro di fronte a una possibile occasione. Una caccia di cui Olinto non voleva certo fornire indi-
screzioni.*

*Ripassai dopo tre ore, Dado non c'era ma comparve pochi
secondi dopo. Il gruppo d'amici gli si strinse attorno con aria
interrogativa mentre lui accennò poco più di un saluto nella
mia direzione.*
*- Mi hanno chiesto ancora una volta informazioni su quel
Torchi, quello morto alle Piastre.*
Tutti ricordavano. E anche io ricordavo le parole del Bocca.
*- Gli ho ripetuto che il 13 Ottobre dell'anno scorso ero
stato tutto il giorno qui, a giocare a stecca. Che gli dovevo
dire?*
Cenni di assenso generale.
*- Quel Torchi lo conoscevo di vista e di nome – ho detto
loro, - tutti nella zona sapevano che era stato un repubblichino[40], ma ormai chi lo voleva far fuori per ragioni politiche,
lo avrebbe già fatto. Ora quegli stronzi di poliziotti si sono
messi a interrogare tutti i compagni della provincia di Pistoia
per cercare cosa? Un cretino che si è vendicato a trent'anni di
distanza. E sì che quel Torchi di stronzate ne aveva fatte e
tante.*
Ancora gesti di assenso.

---

[40] Repubblichino era l'aggettivo ironico attribuito da molti ai fedeli
alla Repubblica di Salò (o Repubblica Sociale Italiana, 1943-45), lo
stato fantoccio voluto dai tedeschi nel Nord Italia, dopo la fuga di
Mussolini dal Gran Sasso, nel settembre del '43.

- *È quello che gli abbiamo detto anche noi. Quasi in coro.*

- Erano tutti d'accordo, senza eccezioni. Assentiva anche il Proietti che – a quanto mi aveva raccontato Olinto una volta, - di sinistra non era di certo ed era stato persino repubblichino ma aveva lavorato alle carceri, alle Murate, e lì era riuscito a nascondere un gruppo di operai della SMI, tutti specializzati, tra cui lo stesso Olinto, che le SS che volevano trasferire in Germania.

- Quindi Olinto non era solo un compagno di biliardo, era anche un vecchio compagno di fabbrica?

- E di lotta in montagna. Questa parte devo riscriverla meglio, sono stato troppo stringato.

- E quindi i giocatori di biliardo erano già stati interrogati tutti?

- Certo. Dado per la seconda o terza volta e loro tutti, uno per uno.

- E quindi Dado non poteva essere accusato della morte del Torchi, giusto?

- In teoria no ma il suo alibi si basava solo sulla testimonianza di un pugno di amici devoti e compagni di vita. Lui era di quelle parti e conosceva il Torchi, bene o male non è chiaro, ma lo conosceva. Sicuramente erano capitati assieme in qualche battuta al cinghiale, ripeté ai suoi amici che apparentemente conoscevano tutta la storia e ad altri avventori che nel frattempo si erano aggregati, incuriositi da quella specie di piccolo comizio.

- Se avessi voluto far fuori il repubblichino avrei avuto più di un'opportunità, è chiaro, - ripeté più volte, - ma anni prima, magari subito dopo il 25 Aprile del '45, non a tanti anni di distanza.

- Insomma Dado poteva anche essere il vero assassino e tutti gli amici testimoni inaffidabili, ma restava vero quello che lui stesso aveva dichiarato. Anche se il Torchi meritava di morire, almeno secondo lui, perché aspettare ventotto anni? Una ricerca della fatidica *femme*? Si uccide per vendetta per molte ragioni, non solo di natura politica.

- Vai avanti.

Dal Seracini, pochi minuti, caffè e cappuccino in piedi.

- Ho capito che il principale sospettato dell'omicidio Torchi è Edoardo Brizzolari, detto Dado e ho capito che il muro dei suoi testimoni è inattaccabile. Ora mi deve dire tutto. Non sarà sospettato per la sola ragione che è insospettabile, oso sperare. Vedo che bustine sono tornate due, senza esitazione.

- Prendo delle pasticche che mi dovrebbero proteggere. Pasticche omeopatiche.

Il Bocca mi guarda incerto in attesa di un commento ma quello che penso dell'omeopatia, per il momento lo tengo per me.

- Il Brizzolari ha perso un fratello in seguito a una soffiata alle Brigate Nere. Il ragazzo era nascosto da alcuni contadini vicino all'Abetone e fu visto da un civile che era andato nel casolare a comprare polli e farina di castagne. I contadini furono uccisi dalle Brigate Nere e il ragazzo, che era giovane e robusto, fu consegnato ai tedeschi che lo spedirono in Germania da cui non ha più fatto ritorno.

- E il civile in questione era stato il Torchi.

- Pare.

L'uomo controlla e scuote la seconda bustina di zucchero per assicurarsi del suo integrale svuotamento.

- Ma in queste cose non si può mai essere sicuri. Nel '46 – riprende il Bocca, - il Torchi fu accusato e poi prosciolto. Il Brizzolari, Dado, l'aveva visto al processo e da allora mai più fino a pochi anni fa. I due avevano cominciato a partecipare alle stesse battute di caccia da cinque o sei anni, a quanto dicono

i comuni compagni, più o meno ignorandosi a vicenda. Le cacciate erano in genere organizzate dallo stesso Torchi che era bravissimo nel far disporre cani e cacciatori e persino nella spartizione finale dei prodotti della caccia.

- Una specie di amicone, insomma.

- Una specie.

- Comunque resta il fatto che se il Brizzolari voleva uccidere il Torchi, poteva farlo nel Maggio del '45, a San Marcello o dove si trovava in quel periodo, e nessuno gli avrebbe detto quasi nulla, nemmeno se gli avesse sparato in piazza di fronte a tutti. Cosa gli è successo di nuovo? Qualcosa che abbia recentemente riacceso un odio che sembrava messo da parte?

- Dottore Falteri, non so che dirle, ci sono certi tipi di odio che forse non muoiono mai.

- Donne?

- Il Torchi è regolarmente sposato con una ricca lucchese, tale Conti Graziella, mentre il Brizzolari si è sposato nel '38 con una di Prato che morì di un tumore nel '55, niente figli. Da allora conduce vita da scapolo, piccole avventure ma nulla di speciale. Dopo aver lasciato la Breda mise su una piccola azienda, con una dozzina di operai, che produceva oggetti di meccanica di precisione adottati anche dalla Marina Militare Italiana, una piccola azienda sana, ma nulla di più.

- A parte la Marina, tutta la storia sembra crescere e svilupparsi nei dintorni di Pistoia. C'è qualcosa che ci manca.

- Cosa ci manca invece, tanto per cambiare discorso, mi perdoni, è uno degli amici di Piero Peretti.

- Ovvero?

- Dei due gappisti, ex-amici di Feltrinelli e amici di Piero, uno è fuggito mentre veniva trasportato a S. Vittore, dopo l'incontro con il giudice. L'altro è stato invece ucciso.

- Fuggito? Ho letto dello scontro ma non immaginavo potesse trattarsi di loro.

- Una banda di terroristi ha bloccato il cellulare dei carabinieri, un maresciallo ferito, un pregiudicato morto ed uno fuggito, questo è il bilancio. Assaltare un cellulare dei carabinieri è un salto di qualità, ammettiamolo, i gruppi clandestini stanno crescendo e sono sempre meglio organizzati; un collega mi ha riferito che sparavano come persone ben addestrate. È probabile che Piero fosse qui per reclutare senza dare nell'occhio, mi sembra evidente.

- Sarà anche evidente, ma chi lo avrebbe ammazzato allora? I carabinieri in previsione che arruolasse qualche altro supercattivo mentre Michela andava a far marchette per lui? E di Michela non avete proprio altro?

Il Bocca controlla il suo piccolo blocco d'appunti estratto dal loden d'ordinanza.

- No. La madre è morta lasciandole il casolare e un po' di danaro liquido. Si tratta di un casolare con tanto di bagno, cucina e impianto di riscaldamento moderno. Forse l'anonimo benefattore oltre la figlia, aiutava da tempo anche la madre. È difficile a dirsi e risalire alle spese. La casa era stata acquistata una ventina d'anni fa, in realtà la Carocci era toscana, era di S. Marcello Pistoiese e non di Pieve Pelago. Tutto questo non ha nulla a che fare con la morte del Peretti. Abbiamo indagato un po' sospettando che ci fosse un legame con la casa d'appuntamenti di Portovenere. Forse la madre era stata indotta ad ignorare l'attività della figlia a suon di regali se non addirittura a sospingerla in quella direzione. La buon costume sta cercando di capire se la ragazza avesse occasionalmente esercitato anche a Firenze. Senza troppa convinzione, secondo me, ma la cosa in ogni caso riguarda solo il commissariato di La Spezia.

- In che giorno è stato ucciso il Torchi?

146

- il 23 Gennaio, mi pare – risponde il Bocca dopo un attimo di perplessità, il sorriso scompare e ricompare, - perché le interessa? Il Torchi è un caso irrisolvibile, ameno fino a quando uno dei giocatori di biliardo non si deciderà a cantare e comunque non la riguarda, né ora né mai. Per quanto riguarda il Peretti se ne occuperanno i Carabinieri del SID[41], da ieri toccherà a loro indagare sulla sua morte e sulla sorte dei suoi complici del GAP; complici o assassini, la cosa è ancora da chiarire, ma in ogni caso la faccenda non riguarda più né il mio ufficio né me.

E di conseguenza nemmeno lei. Questo non lo disse ma Il sorriso più plateale di sempre, stampato sulla faccia, immobile, come quando nei cartoni animati il gatto sbatte contro una lastra di cristallo, fu tutto quanto bastò al Bocca per concludere e salutarmi. Fuori era iniziato a piovere.

Lo rincorsi in via Battisti.

- Un'ultima cosa, una sola.

Il Bocca mi guardò in silenzio e mi fece cenno di abbassare il tono della voce.

- Dov'era il Brizzolari il 20 Gennaio, il giorno in cui fu ucciso il Peretti?

- Dottor Falteri, non so cosa abbia in mente. A domattina. E sparì sotto la pioggia tirandosi il loden sul capo mentre io estrassi il cappuccio della giacca a vento.

---

[41] SID (*Servizio Informazioni Difesa*), era successo al SIFAR (*Servizio Informazioni Forze Armate*) e confluì in seguito nel SISDE (*Servizio per le Informazioni e la Sicurezza Democratica*) sostituito a sua volta dall'attuale AISI (*Agenzia Informazioni e Sicurezza Interna*). Vita travagliata e a volte oscura, quella dei nostri servizi segreti.

Chomsky era attratto da ciò che le strutture dei diversi linguaggi hanno in comune al di là delle contingenze storiche e linguistiche. Che cosa accomunavano la morte di Piero Peretti e di Duilio Torchi? Due morti diverse, di due persone diversissime ma accomunate da alcune cose. Morti apparentemente superflue, da cui nessuno sembrava avesse qualcosa da guadagnare ma non si possono accomunare due entità per l'assenza di caratteristiche comuni. Di effettivamente comune c'era il luogo e il tempo, il che non era poco ma nemmeno molto. Mi serviva un terzo punto a cui ancorare gli altri due. Mi sembrava che Dado mi avesse detto di avere una figlia che vedeva di rado ma in realtà, a quando mi aveva detto il Bocca, non sembrava che l'uomo avesse figli. Mi sembrava, ho detto, perché il ricordo era vago e soprattutto perché non se ne era più riparlato. Ogni volta che avevo rivisto Dado, questi sembrava interessato solo a sapere come procedevano le indagini sulla morte del Peretti, cosa si sapeva dei terroristi o dei provocatori fascisti, cosa ne pensasse il Partito, era difficile con lui di parlare di qualcos'altro. E poi c'era Michela, emiliana in teoria, ma nata e cresciuta nell'appennino pistoiese. Un punto ancora più debole ma combaciava con gli altri a loro volta debolissimi. Alla fine mollai tutto e mi misi a rileggere La chiave di vetro *di Dashiell Hammett, provando piacere e invidia.*

No, la grammatica generativa di Chomsky non mi avrebbe fatto fare un passo avanti e i due morti restavamo morti, uno alle Piastre e l'altro al Mercatino di S. Piero, a Firenze, con molto poco in comune. Mollai Hammett e mi dedicai a sfogliare l'ultimo numero di Linus con le avventure di Paulette di Wolinski. La nuova direzione di Oreste de Buono, da quando la rivista era passata alla Rizzoli, mi piaceva.

L'ultimo incontro col Bocca.
- Il 23 Gennaio Dado Brizzolari era a caccia. Vicino all'Abetone.
- Con chi?
- Con alcuni di quelli presenti alla morte del Torchi, un'intera giornata a caccia di cinghiali.
- Altre novità?
- La vedova del Torchi ha messo l'azienda in liquidazione; per fortuna parte dei dipendenti sono stati assunti direttamente dalla OTO-Melara, almeno quelli disposti a trasferirsi a La Spezia. Per il resto non ho altro da dirle. I cacciatori verranno tutti nuovamente interrogati domani.

- Bruno, questa era l'ultima pagina, il tuo manoscritto è finito davvero. Non vorrai però lasciarmi così, vero?
- A te piaceva Paulette?
- Wolinski è sempre stato uno dei miei idoli ma vedi di rispondere alla mia domanda.
- Lo sai che ho ancora da parte il numero 1 e 2 di *Linus*, originali e intatti? E due annate rilegate di *Hara-Kiri*[42], quando ancora era il *Journal bête et méchant*, prima di trasformarsi in *Charlie Hebdo*. Li vuoi vedere?
- Bruno, *Hara-Kiri* fu la prima cosa che mi facesti vedere in casa tua, molti anni fa. Non riuscirai a evitare di rispondermi, smettila con questi giochini. Raccontami la fine della storia, non essere ipocrita.
- Mi arrendo.

---

[42] *Hara-Kiri* ("*Journal bête et méchant*", giornale stupido e cattivo) è stato un mensile satirico francese, uscito nel 1960 (fondato da Bernier, alias professor Choron, Cavanna e altri). È stato più volte censurato tanto che nel 1970 fu ufficialmente interdetto salvo virtualmente resuscitare col nuovo nome di *Charlie Hebdo*.

Bruno, in realtà si sarebbe offeso a morte se Bri-Bri fosse ripartita senza pretendere di conoscere il finale della storia. Il finale c'è, naturalmente, ma voleva riscriverlo. Dato che combattere con Brigitte è virtualmente impossibile, il vecchio commissario, in fondo più che lusingato dall'insistenza dell'amica, si decide a tirare fuori le pagine mancanti.

- Non ti stupire però se, una volta stampato, il finale sarà diverso da questo. Tieni.

Bruno le porge le pagine mancanti con aria imbarazzata mentre lei con uno sguardo di meritato trionfo inizia a leggere.

La soluzione si chiamava Olinto. Trascinarlo fuori dal Gambrinus non fu facile e non senza la prospettiva di uno o più stravecchi.

Al caffè di Piazza Davanzati, dopo due chiacchiere su Berlinguer, sui russi che per fortuna a Praga avevano sistemato le cose e infine sulla coppia Sindona-Andreotti che andrebbero arrestati tutti e due, detto tutto questo, ci guardammo negli occhi in silenzio.

- Olinto, ti devo raccontare una storia, storia per sommi capi mentre tu devi solo ascoltare. Non devi dire nulla, se non vuoi, solo ascoltare.

- Facile!

- Ecco la storia. Il protagonista della mia storia è un uomo, un uomo sposato da tempo che durante la guerra ha una breve storia con una ragazza di campagna e la mette incinta. Nasce una figlia. L'uomo non vuole o non può riconoscerla ma, nei limiti del possibile aiuta la madre e una volta morta, aiuta anche la ragazza a tirare avanti. Per caso scopre che la figlia, per colpa di un farabutto, ha iniziato a prostituirsi, lontano da Firenze, lontano ma non abbastanza, diciamo a Portovenere. Come lo scopre? Grazie a un suo conoscente che

spesso si reca per lavoro, diciamo, a La Spezia. Il conoscente scopre cosa fa la ragazza e lo riferisce al padre. Quest'ultimo che farà?

- *Non lo so, dimmelo tu. Il primo stravecchio è finito e Olinto fa un cenno al cameriere.*

- *Trova il modo di far fuori il suo conoscente e poco dopo di far fuori anche il farabutto amico della figlia che l'aveva spinta a prostituirsi per fare la bella vita.*

- *Ho ascoltato e non dico né sì né no, come mi hai proposto tu. E tu cosa altro dici?*

- *Dico che i poliziotti non sono così scemi come fanno finta di sembrare o almeno non tutti. Hanno capito che gli amici del nostro protagonista, sia i fiorentini che i cacciatori, stanno facendo a gara per proteggere il nostro uomo e presto scopriranno anche il suo rapporto con la ragazza che nel frattempo si è rifugiata in montagna. La montagna di oggi, caro Olinto, non è la vostra di trent'anni fa, non ci sono più rifugi di quel tipo, oggi. Alla fine qualcuno farà un errore e gli alibi inizieranno a crollare l'uno dopo l'altro. I Carabinieri del SID, convinti che il farabutto sia stato un pericoloso sovversivo, ributteranno all'aria tutta la storia e gli amici saranno tutti interrogati dall'antiterrorismo, uno per uno.*

Lo stravecchio 2 è finito e Olinto opta per uno stravecchio 3.

Beve, mi guarda, poggia il bicchiere vuoto con calma e si guarda me mani con gli occhi bassi. Poi di colpo si alza, ringrazia e sparisce.

- E tu speravi che come nei romanzi gialli basti svelare al testimone o al colpevole tutta la sequenza dei fatti per vedere l'altro crollare e mettersi a piangere oppure urlare la fatidica espressione *le prove, dove sono le prove! Non avete nulla in mano!* Olinto sparì, che altro poteva fare?

- Infatti, ma il mio obbiettivo non era quello di obbligare Olinto a rivelarmi qualcosa, ma quello di avvisare Dado. Non capisci Bri-Bri? Io tifavo per Dado non certo per il Bocca o chi per lui. Dado aveva fatto fuori due stronzi, a freddo in maniera premeditata. È proibito, non si fa, lo so. Ma avrei dovuto collaborare a fargli avere due ergastoli?

- Un futuro poliziotto, così avrebbe dovuto fare.

- Ma le prove, le famose prove, non avevo nulla in mano! E poi non ero ancora un poliziotto.

- Ok, fammi finire.

EPILOGO

Già dal giorno dopo Dado risultò introvabile, mi fece sapere il Bocca. Aveva un passaporto valido e pare avesse chiesto il visto d'ingresso per la Cecoslovacchia. Da tempo aveva detto agli amici che era l'ora che qualcuno di loro andasse a vederla questa Praga, da vicino, e capire se davvero tutti rimpiangevano quel traditore di Dubcek[43].

Dopo una settimana tornai alla carica con Olinto. Ancora stravecchio, lontani dalla sala del biliardo. Questa volta mi seguì ben contento e non ci fu bisogno di chiedergli nulla.

- Dado scoprì che Michela esisteva quando la bimba aveva dodici anni. La ragione è che la mamma di Michela neanche sapeva chi fosse Dado. La loro fu una storia d'amore avvenuta in un casolare assediato dai repubblichini, nell'autunno del '44. Erano almeno una dozzina e noi in tre, tre più la ragazza che ci aveva nascosto. I fascisti stavano per dar fuoco a tutto ma fummo salvati da uno ragazzino in camicia nera, con il

---

[43] Alexander Dubček (1921-1992), leader del Partito Comunista Cecoslovacco dal '68 al '69, responsabile della cosiddetta *Primavera di Praga*, un esperimento di un comunismo "dal volto umano" stroncato dall'arrivo dei carri armati sovietici (agosto '68). Dubček fu messo ai margini da nuovo regime e infine espulso dal partito fino a che, nel '70, fu assunto come manovale in una azienda forestale. Nel 1989, con la dissoluzione dell'Unione Sovietica e dei regimi che da essa dipendevano, Dubček fu riabilitato ed eletto presidente del Parlamento federale cecoslovacco.

basco della GNR[44], che da lontano, urlando, avvisò tutti i suoi amici di fuggire perché stavano arrivando le prime colonne inglesi.

- Dobbiamo traversare l'appennino prima possibile se non vogliamo finire impiccati dai marocchini e dagli indiani, urlò il ragazzo da lontano e, arrancando, in bici, si avviò verso il passo.

Noi restammo nel casolare come intrappolati. Avevamo fame e sonno, la ragazza aveva da mangiare e un po' di vino. Decidemmo di restare. La mattina dopo la ragazza salutò Dado con trasporto, con particolare trasporto; capimmo tutto ma Dado aveva una moglie che lo aspettava a Pistoia e nessuno fece domande.

Una volta, durante una partita di caccia, nel 1956, nel negozio di alimentari di S Marcello Pistoiese, Dado incrociò una ragazzina che assomigliava in maniera incredibile a suo fratello da piccolo. La madre era lì che stava trattando con la padrona del negozio a proposito del prezzo delle uova, non badò a Dado e non lo riconobbe così come nemmeno lui o almeno restò incerto. In fondo si erano visti solo una notte e alla luce di mozziconi di candele o poco più.

Giorni dopo Dado tornò a S. Marcello e chiese alla negoziante dove abitasse la donna che giorni prima trattava il prezzo delle uova, con dietro una ragazzina. Una volta avuto l'indirizzo mandò me a controllare. Tornai a casa con una dozzina di ottime uova e con la certezza che la donna fosse proprio lei. Girellai un po' per la casa dicendo che ero interessato a comprarla, feci due chiacchiere e alla fine ero sicuro, la donna era proprio quella che ci aveva nascosto nel '44 e la

---

[44] Guardia Nazionale Repubblicana, le milizie della Repubblica Sociale Italiana.

bimba era nata proprio nove mesi dopo la notte passata in-
sieme, era figlia di Dado, al di là di ogni dubbio.

Pausa, altro stravecchio.

- Dado non se la sentiva di fare il padre, sua moglie stava
morendo di cancro al seno, ma decise di passare qualcosa alle
due, non era molto ricco ma fece quanto possibile, pensando
sempre che prima o poi si sarebbe presentato a Michela. Ma
rimandando ogni volta.

- OK, poi scopre del Peretti e quello che aveva costretto a
fare Michela, ma come fece? Fu il Torchi a dirglielo? Il Torchi
per lavoro andava regolarmente a La Spezia e regolarmente
si concedeva una serata alla Pensione Doriana di Portove-
nere, è giusto?

- No. Il lavoro alla OTO-Melara era finito da un pezzo, il
Torchi, con la scusa di fare un salto a La Spezia, andava a Por-
tovenere solo per trombare. Gli amici cacciatori lo avevano
scoperto e ogni tanto lo prendevano in giro. Una volta pre-
sente anche Dado, il Torchi sbottò.

- Hai poco da ridere te, esplose il Torchi, intanto t'ho trom-
bato anche la figliola!

Tutti si misero a ridere perché nessun sapeva dell'esi-
stenza di Michela.

Olinto fa un cenno al cameriere.

- Gli porti un caffè – intervenni, - la voce di Olinto comin-
ciava ad essere sempre più impastata.

- Corretto – aggiunse lui, e poi, - ah, dimenticavo, Dado,
un anno prima, aveva trovato il coraggio e finalmente si era
presentato a sua figlia.

- Ecco perché mi disse di avere una figlia, anche se la ve-
deva di rado.

- Gli era sfuggito, me lo disse dopo. Era meglio se ero stato
zitto con quel ragazzo, mi disse, a proposito del vostro incon-
tro.

- E il Torchi come aveva fatto a capire che la prostituta era la figlia di Dado?

- Probabilmente da una foto che Dado le aveva fatto avere, una foto di gruppo fatta durante una delle ultime cinghialate. Una foto in cui eravamo presenti anche io e il Torchi. Forse la ragazza l'aveva sul comodino, nessuno lo sa.

- E a San Pierino che successe?

- Un amico di Dado che seguiva Piero e scoprì che si era fermato al Bar Daria per far due chiacchiere. Lo vide e telefonò al Gambrinus avvisando Dado. Dado affrontò Piero in piazza, accusandolo a bassa voce, senza dare nell'occhio, di fare il magnaccia e di aver prostituito una sua giovane amica, preparati a morire, gli disse. Piero gli fece una risata in faccia ma poi se la diede a gambe mentre Dado restò immobile davanti al bar, senza far nulla. Piero chiese le chiavi alla Beppina e pensò bene di infilare per le scale della sezione del PCI, l'altro non l'aveva visto e lì dentro sarebbe stato al sicuro. Dado non si era mosso ma il suo amico aveva seguito tutta la scena. Dado salì, spinse la Luger contro l'eskimo di Piero e sparò. Tutto qui.

- E l'amico?

- Tornai a giocare a biliardo, che doveva fare?

Qui il mio racconto, almeno per ora, è decisamente finito. Se vuoi posso aggiungere ancora qualcosa?

- Con piacere.

-Due mesi dopo Michela si laureò e partì anche lei per la Cecoslovacchia ove si sposò a passò anni ad insegnare Italiano ai Cecoslovacchi. Un ordine di comparizione nei riguardi di Dado fu emesso dalla Procura di Firenze ma lui non rientrò più in Italia, si mise a cacciare cinghiali locali, mi disse Olinto pochi giorni prima di morire d'infarto su un tavolo da biliardo.

Pare che Dado avesse pianto come un vitello al funerale di Dubcek e poco dopo, accudito dalla figlia e da una nipotina, è morto, anche se nessuno sa di cosa. Ogni tanto si scambiava notizie con qualche vecchio amico fiorentino o pistoiese ma non voleva certo parlare dei suoi malanni. Michela qualche volta è tornata in Italia a controllare gli affari di suo padre ma dopo la sua morte vendette tutto e si sistemò definitivamente a Praga dove ora è diventata nonna per la terza volta.

- E tu?

- Una volta appurato che Dado era ormai irraggiungibile fui convocato in questura dal Bocca. Accanto a lui un tizio che aveva l'aria di un mio vecchio professore di Filosofia, alto, magro, con le dita gialle di nicotina, quasi calvo e un'aria decisamente autoritaria. Il Bocca lo trattava con molta deferenza.

- Questa è il ragazzo di cui le ho parlato, dottore, - Il sorriso del Bocca si era dissolto, la faccia era seria e attenta, - il ragazzo che aveva intuito che i due casi erano connessi, che dietro c'erano storie di donne e non di politica e che il Peretti era solo un farabutto qualunque e non un terrorista internazionale, con buona pace dei colleghi del SID.

- Storia di figlie, in questo caso - intervenni io - più che di tradizionali corna. Se mi posso permettere, - aggiunsi.

- Si permetta pure giovanotto. Mi risulta che la sua borsa di studio sia scaduta e che abbia avuto qualche problema a pagare le ultime rate dell'affitto. Perché non si studia questo foglio e ce lo firma? Può darsi che questo lavoro le piaccia. Siamo talmente pieni di coglioni da queste parti, un letterato non abbasserà certamente la media.

157

PS. Il Bocca sparì com'era sua abitudine. Un giorno c'era e il giorno dopo non c'era più. Morto nel sonno, in silenzio, senza una sbavatura.

FINE

COMMENTO DEL REDATTORE

Qui termina il testo del racconto che Brigitte aveva rimesso assieme partendo dai fogli e dagli appunti del Falteri in cui lei aveva poi inserito quanto ricordava delle conversazioni svoltesi nei pochi giorni che avevano trascorso assieme a Firenze.

È probabile che nessuno dei due fosse ancora soddisfatto di questa versione finale, ma un gruppo di amici si è preso la briga di recuperare il manoscritto dall'auto si cui i due amici hanno trovato la morte, lungo la Gran Corniche, e di darlo comunque alle stampe.

Come tutti saprete, dopo che i due avevano deciso di incontrarsi per la stesura finale del romanzo, a metà strada tra Parigi e Firenze, l'auto era sfuggita al loro controllo. Forse Bruno cercava di immedesimarsi un po' troppo Cary Grant o forse Brigitte si atteggiava troppo a Grace Kelly, ha poca importanza.

Un gruppo di amici si è comunque preso la responsabilità di consegnare il manoscritto all'Editore, pensando di far cosa gradita ai molti lettori a cui il vecchio commissario e la sua intrepida amica mancheranno.

Gli amici di Brigitte e di Bruno

Printed in Great Britain
by Amazon

71735406R00092